GOLDMANN

08/94 Karin Jeske

Buch

Rußland 1943. Sultanmurat, ein halbwüchsiger Kirgisenjunge und Anführer einer Gruppe gleichaltriger Jungen, wartet in der menschenleeren Steppe, wo sie die Saat vorbereiten, auf die ersten Zeichen des Frühlings, den Kranichzug. Dieses Zeichen der Hoffnung auf eine gute Ernte läßt den Jungen für einen Augenblick die Schrecken des Krieges, die Unerbittlichkeit des Winters und die Anstrengungen der bäuerlichen Arbeit vergessen. Sie wissen nicht, daß in den nahen Bergen eine große Gefahr auf sie lauert. Eines Nachts werden ihnen die vier besten Pferde geraubt. Sultanmurat aber bewährt sich in einer schier aussichtslosen Situation.
Aitmatow erzählt mit großer Anteilnahme und Einfühlung von Sultanmurat und seinen Gefährten. Eben noch Kinder, die die Schulbank drücken müssen, sind sie von heute auf morgen dazu ausersehen, die Grundbedürfnisse des Lebens für ihr Kolchosdorf zu sichern. Es ist eine dunkle Zeit, in der sie leben, Krieg und ein scheinbar endloser Winter, Tod und Hunger sind ihre Begleiter, doch die Jungen geben nicht auf.

»Mit der ihm eigenen epischen Ruhe, die ihre Kraft aus einer fast schmucklosen Sprache schöpft, aus dem Rhythmus mündlichen Erzählens, entfaltet Aitmatow vor uns die Poesie – nicht Exotik – seiner kirgisischen Heimat. Er braucht keine großen Superhelden und auch keine Kritik, um zu beweisen, daß er einer der ausdrucksstärksten sowjetischen Prosaautoren der Gegenwart ist.« Frankfurter Allgemeine Zeitung

Autor

Tschingis Aitmatow, 1928 im westlichen Kirgisien geboren, ist einer der bekanntesten Schriftsteller der Sowjetunion. Seit 1958 lebt Aitmatow, der ein veterinärmedizinisches Studium absolvierte und als Zootechniker arbeitete, als freier Autor. Mit »Dschamilja«, einer der schönsten Liebesgeschichten überhaupt, erlangte er Weltruhm. Der Autor zahlreicher Romane und Erzählungen wurde 1963 mit dem Leninpreis und dreimal mit dem Staatspreis der UdSSR ausgezeichnet.

Von Tschingis Aitmatow
ist im Goldmann Verlag außerdem erschienen:
Der Junge und das Meer. Roman (9375)

Tschingis Aitmatow

Frühe Kraniche

Roman

Aus dem Russischen von
Charlotte Kossuth

GOLDMANN VERLAG

Originaltitel: Ranni Zurawli
Zuerst erschienen in der Zeitschrift
Nowij Mir, 9/1975, Moskau

Umwelthinweis:
Alle bedruckten Materialien
dieses Taschenbuches
sind chlorfrei und umweltfreundlich

Der Goldmann Verlag
ist ein Unternehmen der Verlagsgruppe Bertelsmann

Made in Germany · Jubiläumsausgabe · 9/92
Genehmigte Taschenbuchausgabe

Umschlaggestaltung: Design Team München
Druck: Elsnerdruck, Berlin
Verlagsnummer: 42100
AK · Herstellung: Klaus Voigt
ISBN 3-442-42100-4

Meinem Sohn Askar

Aksai, Köksai, Saryssai hab ich längst durchstreift,
doch nirgends ich eine fand, die dir gleicht.

Kirgisisches Volkslied

Da kam ein Bote zu Hiob und sprach:
»... und schlugen die Knaben mit der Schärfe des Schwerts ...«

Das Buch Hiob

Wieder und wieder pflügt der Ackersmann das Feld,
wieder und wieder wirft er Korn in die Erde,
wieder und wieder schickt Regen herab der Himmel ...

Voll Hoffnung pflügen Menschen das Feld,
voll Hoffnung säen Menschen die Saat;
voll Hoffnung ziehen Menschen aufs Meer ...

»Theragatha« 527–536.
Aus Denkmälern altindischer Literatur

I

Frostklamm, in einen grobgestrickten Wollschal gemummt, erzählte die Lehrerin Inkamal-apai in der Geographiestunde von Ceylon, jener märchenhaften Ozeaninsel nahe bei Indien. Auf der Landkarte sieht dieses Ceylon aus wie ein Tropfen am Euter eines großen Landes. Hört man aber hin – was gibt es da nicht alles: Affen und Elefanten und Bananen (so heißt ein Obst), den besten Tee auf Erden und allerlei andere sonderbare Früchte und nie gesehene Pflanzen. Und was wirklich Neid weckt – eine Hitze herrscht dort, daß man zu jeder Jahreszeit ausgesorgt hat. Man braucht weder Stiefel noch Mütze, weder Fußlappen noch Pelz. Feuerung schon gar nicht. Also muß man auch nicht aufs Feld gehen nach Kuurai, nicht, bis zur Erde geduckt, die mordsschweren Reisigbündel nach Haus wuchten. Ist das ein Leben! Schlendre irgendwohin, laß dich von der Sonne braten oder kühl dich ab im Schatten. Tag und Nacht ist es mollig warm auf Ceylon, die reinste Wonne, und immerzu ist Sommer. Baden kann man nach Herzenslust, von früh bis spät. Hat man's satt, jagt man den *Kamelvögeln* nach, den

Straußen – die gibt es dort, wo sollten sie denn auch sonst sein, diese riesigen und dummen Vögel. Leben auch kluge Vögel auf Ceylon? Aber freilich: Papageien. Hast du Lust, dann fang dir einen, lehre ihn singen und lachen, auch tanzen. Warum nicht, ein Papagei kann alles. Es soll ja sogar welche geben, die lesen. Einer aus unserem Ail, unserem Dorf, hat so einen lesenden Papagei gesehen, auf dem Markt in Dshambul. Hält man dem eine Zeitung vor die Nase, dann legt er los, ohne zu stocken.

Ach, was gibt es nicht alles auf Ceylon. Wunder über Wunder! Da lebt man unbeschwert, ohne sich den Kopf zu zerbrechen. Hauptsache, man gerät nicht einem Bei von Plantagenbesitzer unter die Augen. Den erkennt man an der Knute. Wie Sklaven peitscht er die Ceylonesen aus. So ein Unterdrücker! Ha, dem müßte man eins überbraten, daß ihm Funken vor den Augen stieben! Die Knute wegnehmen und ihn zwingen, selber zu arbeiten! Bloß keine Nachsicht mit den Ausbeutern, kein Feilschen: Arbeite für dich selbst, basta! Man weiß ja, daher kommen auch die Faschisten. Und die sind schuld am Krieg. Wie viele Männer aus dem Ail sind schon an der Front gefallen! Die Mutter weint tagtäglich, sie sagt nichts, aber sie weint, hat Angst, sie könnten den Vater umbringen. Zur Nachbarin hat sie gesagt: »Was mach ich dann bloß mit meinen vieren?«

Frostschaudernd in der eiskalten Klasse, wartete Inkamal-apai immer wieder geduldig, bis die Hustenanfälle der Kinder vorbei waren, und erzählte dann weiter von Ceylon, vom Meer, von warmen Ländern. Sultanmurat folgte der Geschichte halb gläubig, halb ungläubig (schien es doch gar zu herrlich zu sein in jenen Landen), jedenfalls bedauerte er in dieser Stunde aufrichtig, daß er nicht auf Ceylon lebte. Denen geht es gut! dachte er, zugleich aber schielte er zum Fenster hin. Das konnte er. Tat so, als gucke er die Lehrerin an, dabei linste er vergnügt durchs Fenster. Draußen geschah jedoch nichts Aufregendes. Das Wetter war schlecht. Schwer fiel harter Graupelschnee. Die Schneekörner rauschten dumpf und kratzten, wenn sie an die Scheiben schlugen. Das Glas hatte sich mit Eis überkrustet. Die Fenster gaben nur trübes Licht. Der Kitt am Rahmen war von der Kälte gesprungen und bröckelte stellenweise auf das tintenbeschmierte Fensterbrett. Auf Ceylon braucht man sicher keinen Kitt, dachte Sultanmurat. Wozu auch? Sogar Fenster sind da überflüssig, und auch die Häuser. Man baut sich eine kleine Hütte, deckt sie mit Laub und fertig.

Vom Fenster zog es unentwegt, man hörte sogar den Wind verstohlen in den Rahmenritzen pfeifen, Sultanmurats rechte Seite war schon eiskalt. Er mußte es ertragen. Inkamal-apai hatte ihn eigens ans Fenster umgesetzt. »Du, Sultanmurat, bist der Stärkste in der Klasse«, hatte sie gesagt. »Du verkraftest das schon.« Früher, vor dem Kälteeinbruch, saß hier Myrsagül, ihr hatte man Sultanmurats Platz zugewiesen. Dort zog es nicht so. Hätte man sie doch trotzdem auf der alten Bank gelassen! Die Kälte bekam ohnehin er ab. Dann säßen sie jetzt nebeneinander. So aber errötet sie, wenn er zu ihr tritt in der Pause. Bei allen andern gibt sie sich ganz natürlich, aber sobald er kommt, wird sie rot und rennt weg. Soll er ihr vielleicht nachlaufen? Er macht sich ja lächerlich. Diese Mädchen kriegen schnell irre Einfälle. Im Handumdrehen tauchen Zettel auf: Sultanmurat + Myrsagül = Liebespaar. Wären sie aber Banknachbarn, könnte keiner was sagen.

Draußen schneit es und schneit. Blickt man bei klarem Wetter aus dem Klassenfenster, hat man die Berge vor Augen. Die Schule steht selbst auf einer Anhöhe, hoch über dem Ail. Der Ail liegt unten, die Schule oben. Deshalb hat man von der Schule aus gute Sicht. Die fernen Schneeberge zeichnen sich ab wie auf einem Bild. Jetzt im Unwetter erahnt man kaum ihre düsteren Umrisse. Die Füße werden frostklamm, auch die Hände. Sogar der Rücken erstarrt. Bitterkalt ist es in der Klasse! Früher, vor dem Krieg, heizte man die Schule mit abgelagertem Schafsmist, mit Tesek. Der brannte wie Kohle. Jetzt bringen sie Stroh. Das knistert eine Weile im Ofen, bloß Nutzen bringt es nicht viel. In ein paar Tagen werden sie auch kein Stroh mehr haben. Nur noch Spreu.

Schade, daß das Klima in den Talas-Bergen nicht so ist wie in warmen Ländern. Bei anderm Klima wäre auch unser Leben anders. Dann hätten wir eigene Elefanten. Ritten auf ihnen wie auf Bullen. Von wegen Angst! Als erster wollte ich mich auf einen Elefanten setzen, gleich auf den Kopf zwischen die Ohren, wie auf der Zeichnung im Lehrbuch, und ab durch den Ail. Von allen Seiten würde das Volk herbeiströmen: »Seht nur, kommt schnell – Sultanmurat, Bekbais Sohn, auf einem Elefanten!« Mochte Myrsagül dann große Augen machen und bedauern, daß sie ... Als ob es keine Schönere gäbe! Diese Zierpuppe! Auch einen Affen würde ich mir zulegen. Und einen Papageien, der Zeitung liest. Die würde ich mit auf den Elefanten setzen, hinter mich. Platz ist da genug, auf einem Elefantenrücken ließe sich die ganze Klasse unterbringen. Todsicher! Das wußte er aus Erfahrung, nicht vom Hörensagen. Mit eigenen Augen hatte er einen lebendigen Elefanten gesehen, das war allgemein bekannt, auch einen Affen hatte er schon zu Gesicht bekommen und andere wilde Tiere. Das war im ganzen Ail herum, oft genug hatte er es ihnen ja erzählt. Glück hatte er damals gehabt, großes Glück.

Vor dem Krieg, genau ein Jahr vor dem Krieg, hatte sich dieses für sein Leben bedeutsame Ereignis zugetragen. Es war im Sommer gewesen, zur Zeit der Heuernte. Sein Vater, Bekbai, beförderte in dem Jahr Brennstoff aus Dshambul ins Erdöldepot. Jeder Kolchos mußte dafür ein Fuhrwerk stellen. Der Vater brüstete sich zum Spaß: Ich bin kein gewöhnlicher Karrenmann, sondern ein goldener; für mich, meine Pferde und meinen Wagen erhält der Kolchos Entgelt vom Fiskus. Ich verschaff dem Kolchos Bargeld von der Staatsbank, sagte er. Deshalb springt auch der Buchhalter, sowie er mich sieht, vom Pferd und begrüßt mich.

Das leichte Gefährt des Vaters war eigens für den Petroleumtransport hergerichtet. Einen Wagenkasten hatte er nicht, einfach vier Räder mit zwei großen, in

Kissennestern steckenden Blechkanistern und vorn auf dem Bock ein Sitzbrett. Das war der ganze Karren. Vorn fanden nur zwei Mann Platz. Dafür hatten sie dem Vater die besten Pferde zugeteilt. Ein gutes, kräftiges Gespann.
Zwei Wallache waren es – der Grauschimmel Tschabdar und der Braune Tschontoru. Und ihr Geschirr war solide, wie für sie gefertigt. Die Kummete und Zügel aus fiskalischem Jungtierleder, geteert. Die rissen nicht, soviel man daran zerrte. Anders wäre es gar nicht gegangen bei solchen Ferntransporten. Der Vater hielt auf Ordnung bei der Arbeit. Die Pferde waren bei ihm stets gut in Schuß. Wenn Tschabdar und Tschontoru losliefen, beide feurig, mit wehenden Mähnen, sich wiegend im gleichmäßigen Trab wie zwei riesige Fische, die nebeneinander schwimmen – war das eine Augenweide! Von fern schon erkannten die Leute am Räderrattern: »Da fährt Bekbai nach Dshambul!« Zwei Tage brauchte er hin und zurück. Kam er nach Haus, waren ihm die über hundert Kilometer nicht anzumerken. Und die Leute staunten: »Bekbais Karren rollt wie ein Zug auf Schienen!« Sie hatten auch allen Grund zum Staunen. Ein müdes oder faules Gespann erkennt man am Räderknirschen. Die Haare stehen einem zu Berge, wenn es vorüberrollt. Bekbais Pferde hatten immer einen munteren Gang. Deshalb übertrug man ihm wohl auch die wichtigsten Fahrten.
Vorletztes Jahr also, kurz nach Ferienbeginn, sagte der Vater eines Tages:
»Möchtest du mit in die Stadt?«

Vor Freude verschlug es Sultanmurat den Atem. Und ob! Wie war der Vater nur daraufgekommen, daß er schon längst die Stadt sehen wollte! Noch nie war er da gewesen. Einfach Klasse!
»Posaun es nur nicht aus«, ermahnte ihn der Vater schalkhaft. »Sonst machen die Kleinen Rabatz, und dann fährst du nirgendwohin.«
Das stimmte. Adshymurat, drei Jahre jünger als er, würde nie zurückstecken. Einen Dickkopf hatte der – wie ein Esel. War der Vater zu Hause, kam man kaum an ihn heran – alles wegen Adshymurat. Dauernd schwänzelte er um ihn herum. Als wäre er der einzige und die andern zählten nicht. Die beiden jüngeren Schwestern waren ja damals noch winzig, aber selbst die erkämpften sich nur unter Geheul väterliche Liebkosungen. Auch die Nachbarn begriffen nicht, wieso der jüngere Sohn derart am Vater hing. Großmutter Aruukan, eine strenge, stockdürre Alte mit Knarrstimme, allgemein gefürchtet, hatte Adshymurat oft genug mit ihren steifen Fingern am Ohr gepackt und gewarnt: »Oi, das verheißt nichts Gutes, wenn du so am Vater klebst, du Schlingel! Großes Unglück wird über die Erde kommen! Wo hat man das schon gesehen, daß ein Junge sein Herz derart an den lebenden Vater hängt? Was ist das nur für ein Kind? Ach, Leute, glaubt mir, Unheil beschwört er herauf!«
»Unberufen!« zischte jedesmal die Mutter, spuckte aus, gab Adshymurat eins hinter die Ohren, aber Großmutter Aruukan zu widersprechen, traute sie sich nicht. Die fürchteten alle.

Großmutter Aruukan hatte so unrecht nicht, wie sich herausstellte. Es kam, wie sie prophezeit hatte. Ein Jammer ist's mit Adshymurat. Nun ist er schon groß, geht in die dritte Klasse, will sich nichts anmerken lassen, hält sich tapfer, besonders vor der Mutter, dabei wartet er nur darauf, daß der Vater, wenn nicht heute, dann morgen von der Front zurückkehrt. Beim Schlafengehen flüstert er wie ein Erwachsener ein Nachtgebet: »Geb's Gott, geb's Gott, daß Vater morgen kommt.« Und das jeden Tag. Ein komischer Kerl. Denkt, er braucht nur einzuschlafen, wieder aufzuwachen, und schon wird alles anders, geschieht ein Wunder.

Wenn der Vater lebend aus dem Krieg heimkehrt, soll er sich ruhig nur mit Adshymurat abgeben, mag er den Jungen auf den Armen tragen. Käme er nur endlich – lebendig und gesund. Ihm, Sultanmurat, reichte das schon zum Glück. Nur zurückkommen soll der Vater.

Wie wünschte Sultanmurat jetzt, noch einmal könnte es sein wie damals, als der Vater vom Tschu-Kanal nach Haus kam. Dorthin, auf den Bau, war er vorletzten Sommer gefahren für volle fünf Monate, auch als Kutscher, den ganzen Sommer und den ganzen Herbst hatte er da Erde weggekarrt.

Heimgekehrt war er gegen Abend. Plötzlich ratterten Räder im Hof, und Pferde wieherten. Die Kinder sprangen hoch. Der Vater! Nur noch Haut und Knochen, sonnenverbrannt wie ein Zigeuner, mit zottigem Haar. Und zerlumpt wie ein Landstreicher, sagte die Mutter später. Nur die Stiefel waren neu, aus Chromleder. Adshymurat war als erster bei ihm, warf sich ihm an den Hals, und nun tu was dagegen, er hielt ihn umklammert und ließ ihn nicht mehr los. Dabei heulte er Rotz und Wasser und stammelte nur immer: »Ata, Atake, Vater, lieber Vater.«

Der Vater preßte ihn an sich, und auch ihm standen Tränen in den Augen.

Die Nachbarn eilten herbei. Sahen zu und weinten ebenfalls. Die Mutter aber, verwirrt und glücklich, lief um sie herum, versuchte, den Vater von Adshymurat zu befreien.

»Laß ihn doch los, den Vater! Nun reicht's. Du bist nicht allein. Die andern wollen auch mal zu ihm. So eine Unvernunft. Herrgott, sieh doch, die Leute wollen ihn begrüßen.«

Der Bengel hörte einfach nicht.

Sultanmurat spürte damals, wie ihm ein heißer Klumpen in die Kehle stieg. Im Mund hatte er plötzlich einen salzigen Geschmack. Dabei hatte er immer behauptet, um nichts in der Welt würde er je weinen. Er riß sich aber zusammen. Gab sich einen Ruck.

Indes ging der Unterricht weiter. Inkamal-apai erzählte nun von Java, Borneo und Australien. Schon wieder – wunderbare Gegenden, ewiger Sommer, Krokodile, Affen, Palmen und sonstige märchenhafte Dinge. Das größte aller Wunder war jedoch das Känguruh! Das läßt sein Junges in die Beuteltasche am Bauch kriechen und springt mit ihm herum, behält es im Lauf bei sich. Einfälle hat so ein Känguruh oder, richtiger, die Natur!

Ein Känguruh hat er noch nie gesehen. Das muß er schon zugeben. Leider. Dafür hat er einen Elefanten, einen Affen und andere wilde Tiere ganz aus der Nähe betrachtet. Er brauchte nur die Hand auszustrecken. An dem Tag, als der Vater sagte, er wolle ihn in die Stadt mitnehmen, war Sultanmurat außer sich vor Freude. Er platzte fast vor Ungeduld, vor Entzücken; das Elend war nur, daß er niemand davon zu erzählen wagte. Hätte Adshymurat es erfahren, wäre er in großes Geheul ausgebrochen: Warum darf Sultanmurat mit, ich aber nicht, warum nimmt der Vater ihn mit und nicht mich? Ja, warum? Daher mischte sich in die unbändige Vorfreude und Neugier auf die Reise ein Gefühl der Schuld gegenüber dem Bruder. Dennoch gelüstete es ihn, den Bruder und die kleinen Schwestern in das Geheimnis einzuweihen. Mit dem größten Vergnügen hätte er sich ihnen eröffnet. Aber der Vater und vor allem die Mutter hatten es ihm streng untersagt. Mochten es die Kleinen erfahren, wenn er bereits unterwegs war. So war's besser. Mit Mühe und Not bezwang er sich, wahrte sein Geheimnis, auch wenn es ihm schier das Herz abdrückte. Dafür war er an jenem Tag so fleißig, so zuvorkommend, so fürsorglich und gütig wie nie zuvor. Alles machte er, und alles ging ihm von der Hand. Er fing das Kalb mit dem Lasso und brachte es auf einen neuen Weideplatz, häufelte die Kartoffeln im Gemüsegarten, half der Mutter beim Waschen, säuberte die Jüngste, Almatai, als sie in den Schmutz gefallen war, und erledigte noch vieles, vieles andere. Kurz und gut, er bewies solchen Eifer, daß

sogar die Mutter nicht an sich halten konnte und kopfschüttelnd losprustete.
»Was ist nur in dich gefahren?« sagte sie, ein Lächeln verbergend. »Immer müßtest du so sein – das wär ein Segen! Unfaßbar! – Vielleicht sollten wir dich lieber nicht in die Stadt lassen? Du bist mir eine zu gute Hilfe!«
Aber das war nur so dahergesagt. Dabei setzte sie Teig an, buk Fladen und bereitete alle mögliche andere Wegzehrung. Sie zerließ Butter, gleichfalls für die Reise, und füllte sie in eine Flasche.
Abends trank die ganze Familie Tee aus dem Samowar, Tee mit Sahne, und dazu gab es heiße Fladen. Auf dem Hof hatten sie sich's gemütlich gemacht, beim Aryk, dem Bewässerungsgraben, unterm Apfelbaum. Der Vater saß inmitten der Jüngeren – zur einen Seite Adshymurat, zur anderen die Mädchen. Die Mutter goß Tee ein, Sultanmurat reichte die Schalen weiter, schüttete Kohlen nach im Samowar. Mit Vergnügen tat er das alles. Ständig in dem Gedanken, daß er morgen schon in der Stadt sein würde. Zweimal blinzelte der Vater ihm heimlich zu. Ja, mehr noch, er neckte den Bruder vor aller Augen.
»Na, wie steht's, Adshyke«, wandte er sich Tee schlürfend an den jüngeren Sohn, »hast du Schwarzmähne noch nicht zugeritten?«
»Nein, Ata«, klagte Adshymurat, »er ist so ein Nichtsnutz. Läuft mir nach wie ein Hündchen. Ich füttere und tränke ihn, einmal ist er mir sogar in die Schule nachgetrabt. Er stand unterm Fenster und wartete, daß

ich in der Pause rauskomme, die ganze Klasse hat's gesehen. Aber aufsitzen läßt er mich nicht, wirft mich gleich wieder ab und schlägt obendrein aus.«

»Findet sich denn keiner, der dir beim Zureiten hilft?« erkundigte sich der Vater wie beiläufig.

»Ich mach's Adshyke«, rief Sultanmurat bereitwillig. »Ich reit ihn dir zu, bestimmt.«

»Hurra!« Der Keine sprang auf. »Komm!«

»Setz dich wieder hin«, zügelte ihn die Mutter. »Setz dich und zapple nicht herum. Erst wird Tee getrunken, wie es sich gehört. Schwarzmähne läuft euch nicht weg.«

Die Rede war von dem zweijährigen Esel, Adshymurats Liebling. Im Frühjahr hatte ihn ein Onkel mütterlicherseits den Kindern geschenkt. Zum Sommer hatte sich der kleine Kerl tüchtig herausgemacht und gekräftigt. Nun war's an der Zeit, das Langohr zuzureiten, an den Sattel zu gewöhnen und an die Arbeit. In der Hauswirtschaft wird immer ein Esel gebraucht – sei's für die Fahrt zur Mühle, ins Holz oder für den Transport von Kleinkram. Deshalb hatte ihn der Onkel geschenkt. Aber sogeich hatte Adshymurat von ihm Besitz ergriffen. Der kleine Dickkopf und Krakeeler umgab den Esel mit solcher Aufmerksamkeit und Fürsorge, daß kein anderer an ihn herankam. Beim geringsten Anlaß hieß es – Hände weg von meinem Esel! Ich füttere ihn selbst, tränke ihn selbst. Einmal waren sich die Brüder deswegen sogar in die Haare geraten. Die Mutter bestrafte den Ältesten, weil der Jüngere Prügel von ihm eingesteckt hatte. Seither verbarg Sul-

tanmurat seinen Groll. Als die Zeit heran war, den Esel zuzureiten, winkte er ab: »Es ist ja deiner, mach das schön selbst, mich brauchst du nicht zu bitten, was geht mich das an.« Und das, obwohl Sultanmurat ein Meister war auf diesem Gebiet. Von Kind auf hatte er sich darin geübt. Ihm machte es Spaß, störrische Jungtiere zu zähmen. Das war wie ein Zweikampf. Alle Füllen, Bullen und Esel aus der Nachbarschaft wurden von ihm zugeritten. Diese Aufgabe überträgt man immer einem geschickten Jungen. Erwachsene sind zu schwer. Ehrerbietig wandte man sich an Sultanmurat: »Sultanmurat, Lieber, wenn du Zeit hast, reit doch mal auf unserm kleinen Bullen.« Oder: »Sultake, Teurer, bring unserm jungen Schreihals von Langohr Vernunft bei. Keine Fliege duldet er auf seinem Rücken, gleich beißt er und schlägt aus. Außer dir kommt keiner mit ihm klar!«
Solchen Ruhm genoß er, aber dem leiblichen Bruder half er nicht, lachte ihn sogar aus und spottete, als der ein-, zweimal von seinem vielgeliebten Esel flog und sich blaue Flecken auf der Stirn einhandelte. »Der wird dir wie ein Hund nachlaufen«, neckte er Adshymurat. »Mit dem hast du noch deinen Kummer!«
Wie ungehörig das war! Er begriff es erst, als der Vater darauf anspielte. Blamiert hatte er sich, so genau durfte er doch nicht abrechnen mit dem Jüngeren. Nun, da die Reise in die Stadt bevorstand, von der Adshymurat nichts wußte, peinigten Sultanmurat solches Schuldgefühl und solche Reue, daß er drauf und dran war, um Verzeihung zu bitten und alles für ihn

zu tun. Nach dem Tee gingen sie mit dem Vater auf die Waldwiese hinter den Gemüsegarten. Zunächst lasen sie ringsum Steine auf und schleuderten sie recht weit weg. Dann zäumten sie Schwarzmähne – so hatte Adshymurat sein Eselchen feierlich getauft. Der Vater hielt Schwarzmähne an den Ohren fest, und Sultanmurat warf ihm behende das Zaumzeug über.

Dann schnallte er sich den Hosengürtel enger – ihm stand keine leichte Aufgabe bevor. Und nun begann eine Zirkusvorstellung. Während seines ungebundenen Lebens unter Adshymurats Obhut hatte Schwarzmähne, wie sich herausstellte, eine schlechte Gewohnheit angenommen. Er schlug sofort aus, warf das Hinterteil hoch und scheute nach den Seiten. Der Esel wußte bereits, wie man einen Reiter abwirft. Aber da hatte er sich verrechnet! Sultanmurat fiel, doch im Nu stand er wieder auf den Beinen, sprang im Laufen auf, legte sich flachbäuchig auf Schwarzmähnes Rücken und saß zum zweiten Versuch auf dem Esel. Und wieder lehnte der sich auf, folgten neuer Sturz und neuer Anlauf.

Bei Sultanmurat wirkte das alles geschickt und sogar lustig. Stürzen ist auch eine Kunst! Warum heißt es denn, wer vom Esel fällt, prallt härter auf als beim Sturz vom Pferd oder einem Kamel? Es müßte doch umgekehrt sein! Der Witz ist, daß man auf die Hände fallen muß. Die Größe des Pferdes oder eines Kamels läßt dem Menschen Zeit, sich zu orientieren. Von einem Esel aber fällt ein Unerfahrener wie ein Sack.

Sultanmurat wußte das aus Erfahrung. Um den

brauchte man sich nicht zu sorgen. Lärm, Heiterkeit, Geschrei in der Runde. Der Vater hielt sich den Bauch und lachte Tränen. Der Spektakel lockte andere Jungen herbei. Einer brachte ein Hündchen mit, das stürzte sich ins Getümmel und verfolgte bellend Schwarzmähne. Der rannte vor Schreck noch schneller, Sultanmurat aber, von allen beneidet, begann Reiterkunststückchen vorzuführen. Im Lauf sprang er von Schwarzmähne ab und wieder auf, ab und wieder auf.

Genau so hatten vor dem Krieg Kavalleristen auf der Wiese beim Dorfsowjet trainiert. Dshigiten aus dem eigenen Ail versammelten sich dazu nach der Arbeit. Im Galopp säbelten sie Weidenzweige ab. Sprangen aus dem Sattel und wieder auf. Als Auszeichnung erhielten sie Abzeichen. Schöne Abzeichen, an Kettchen zu tragen. Die Kinder beneideten sie glühend. Sie hatten zugeschaut, wann immer die Dshigiten diese Sprünge vorführten. Wo mochten sie jetzt sein? Zu Pferd oder im Schützengraben? Kavallerie, heißt es ja, wird nicht mehr eingesetzt im Krieg.

Sultanmurat warf einen Blick auf den Hof vor dem Fenster. Er dachte daran, daß Pferde im Winter auch noch frieren, einem Tank aber Kälte gar nichts ausmacht. Und doch ist ein Pferd besser!

... Ein Spaß war das damals! Bald fügte sich Schwarzmähne. Er begriff, was man von ihm wollte: ging im Schritt, trabte, lief im Kreis und geradeaus.

»Sitz du nun auf!« rief Sultanmurat dem Bruder zu. »Jetzt kannst du reiten, alles ist in Ordnung!«

Knallrot vor Stolz, spornte Adshymurat Schwarzmähne leicht mit den Fersen, ritt hierhin und dorthin – alle sahen nun, was für einen geschickten älteren Bruder er hatte, wie sollte er da nicht prahlen!
Der Abend war hell, es wollte lange nicht dunkel werden. Müde, aber zufrieden, kamen sie nach Haus. Adshymurat ritt auf Schwarzmähne in den Hof, um sich der Mutter zu präsentieren. Danach schlief er schnell ein, ohne das geringste zu argwöhnen. Sultanmurat aber fand keinen Schlummer. Er stellte sich vor, wie er morgen in die Stadt einziehen würde, was es da zu sehen gäbe, was seiner harrte. Während ihm die Augen zufielen, hörte er Vater und Mutter leise miteinander sprechen.
»Ich hätte ihn ja auch mitgenommen, zu zweit wär's lustiger für sie, aber es ist kein Platz auf diesem Teufelskarren. Man sitzt auf dem vordersten Rand vom Bock, den Kanister im Rücken. Der Weg aber ist weit, am Ende nickt der Kleine ein und kommt unter die Räder.«
»Gott bewahre!« Die Mutter erschrak. »Beruf's nicht, bloß nicht, nein!« flüsterte sie. »Ein andermal, das hat noch Zeit. Soll er erst größer werden. Paß auch auf den gut auf! Man denkt, er ist schon groß, aber du liebe Güte . . .«
Sanft schlummerte Sultanmurat ein, es war angenehm, zu hören, wie die Eltern miteinander tuschelten, und daran zu denken, daß er morgen in aller Herrgottsfrühe mit dem Vater aufbrechen würde.
Schon im Halbschlaf erlebte er mit stockendem Her-

zen das selige Gefühl zu fliegen. Seltsam, woher wußte er nur, wie man fliegt? Gehen, laufen, schwimmen – das ist dem Menschen gegeben. Er aber flog. Nicht ganz so wie ein Vogel. Ein Vogel schlägt mit den Flügeln. Er aber hielt nur die Arme ausgebreitet und bewegte die Fingerspitzen. Und schwebte frei im Raum, unbekannt, woher und wohin – in einer lautlosen, *lächelnden* weiten Welt . . . Das war ein Geisterflug – er wuchs im Traum.

Er fuhr hoch, als der Vater ihn an die Schulter tippte und ihm ins Ohr flüsterte: »Steh auf, Sultanmurat, wir fahren.« Bevor er aufsprang, überflutete ihn für den Bruchteil einer Sekunde eine Woge von Zärtlichkeit und Dankbarkeit – dem Vater gegenüber, seines struppigen Schnurrbarts wegen, der ihn am Ohr kratzte, und um seiner Worte willen. Noch wußte er nicht, daß er dereinst voll Sehnsucht und Schmerz gerade an den kitzelnden Schnurrbart zurückdenken würde und an diese Worte: »Steh auf, Sultanmurat, wir fahren!«

Die Mutter war schon längst auf den Beinen. Sie reichte dem Sohn ein frischgewaschenes Hemd, eine für seinen Kopf zu große Schirmmütze, wie sie die Obrigkeit trägt – vergangenes Jahr hatte sie der Vater vom Tschu-Kanal mitgebracht –, und ein Paar lang gehütete Schuhe, gleichfalls ein Mitbringsel vom Vater.

»Probier sie mal an, drücken sie auch nicht?« wollte die Mutter wissen.

»Nein, kein bißchen«, sagte Sultanmurat. Obwohl sie doch etwas eng waren. Aber was tat's, er würde sie schon austreten.

Als sie sich von der Mutter verabschiedet hatten, vom Hof gerollt waren und der Petroleumkarren durch das Wasser des großen steinigen Aryks polterte, erschauerte Sultanmurat vor Freude, von den kalten Spritzern, die unter den Pferdebeinen hervorstoben, und von dem Gedanken, daß er dies alles nicht träumte, sondern tatsächlich in die Stadt fuhr.
Ein früher Sommermorgen zog herauf, wie mit durchsichtigem Saft getränkt. Noch war die Sonne sehr fern hinter dem Schneegebirge. Aber allmählich kam sie näher, schob sich empor und nahm Anlauf, mit einemmal hervorzubrechen, über dem Berghorizont aufzuflammen. Einstweilen war es noch ruhig und frisch auf dem nachtkühlen Weg. Jammerschade, daß keiner seiner Freunde sah, wie er mit dem Vater den Ail verließ. Nur die Hunde am Dorfrand knurrten verschlafen, als die Räder vorüberratterten.
Der hügelige Weg führte der Steppe entgegen, auf eine dunkle, von weitem lila schimmernde Kette niedriger Berge zu. Hinter jenen fernen Höhen lag Dshambul. Dorthin fuhren sie.
Die satten Gäule trabten munter voran, sie schienen weder Sattelzeug noch Geschirr zu spüren, liefen wakker, schnaubten wie immer und schüttelten die Stirnmähnen. Den Weg kannten sie gut, wie oft hatten sie diese Strecke schon zurückgelegt, ihr Herr befand sich an seinem Platz, die Zügel in der Hand, und daß neben ihm auf dem Bock der Junge hockte, tat ihrem gewohnten Trott keinen Abbruch – der Kleine gehörte ja dazu.

Und so rumpelten und holperten sie, in Fahrt gekommen, dahin, wie alle Karren auf der Welt. Die Sonne ging indes auf, seitab in einem Spalt zwischen den Bergen. Licht und Wärme breiteten sich gemächlich und sanft wie eine Luftwoge über die dampfenden Rücken der Pferde – Tschabdar sah jetzt graugesprenkelt aus wie ein Wachtelei, und Tschontoru wurde immer heller, nun schon fahlbraun; Licht und Wärme streiften die bronzefarbenen Jochbeine des Vaters, vertieften die harten Fältchen in den Augenwinkeln und machten seine Hände, die die Zügel hielten, noch derber und sehniger; Licht und Wärme überfluteten den Weg, flossen als sprudelnder, hurtiger Strom unter die Hufe der Pferde; Licht und Wärme durchtränkten den Körper, die Augen; Licht und Wärme erfüllten alles auf Erden mit pulsierendem Leben.

Wohlig, freudig und frei war Sultanmurat ums Herz an jenem Morgen auf dem Weg zur Stadt.

»Na, aufgewacht?« scherzte der Vater.

»Schon lange«, erwiderte der Sohn.

»Na, dann nimm mal.« Er reichte ihm die Zügel.

Sultanmurat lächelte dankbar, darauf hatte er schon ungeduldig gewartet. Er hätte ja darum bitten können, aber besser war's, der Vater vertraute sie ihm von allein an – schließlich waren sie auf einer Fernstraße unterwegs, nicht irgendwo. Die Pferde merkten, daß eine neue Hand sie lenkte; unzufrieden legten sie die Ohren an, schnappten nach einander im Laufen, als wollten sie rauflustig aufbegehren unter der schwächeren Herrschaft. Aber Sultanmurat belehrte sie schnell ei-

nes Besseren – energisch zog er an den Zügeln und schrie: »He, ihr da! Euch zeig ich's!«
Wenn das Glück des Menschen nur in der Gegenwart liegt und weder der Vergangenheit noch der Zukunft bedarf, dann genoß es Sultanmurat auf dieser Fahrt in vollen Zügen. Nichts trübte seine Stimmung. Würdevoll thronte er neben dem Vater auf dem Kutschbock. Und sein Hochgefühl verließ ihn den ganzen Weg über nicht. Einen andern hätte das Poltern der Petroleumfuhre vielleicht wahnsinnig gemacht, für ihn war es der triumphale Widerhall des Glücks. Der hinter dem Karren aufstiebende Staub und die Straße, auf der die Räder entlangrollten; das einträchtige Hufgetrappel der Pferde und das prächtige, nach Schweiß und Teer riechende Geschirr; die leichten weißen Wolken, die hoch überm Kopf dahinzogen, und die noch nicht verdorrten, gelb, blau und lila blühenden Gräser ringsum; die Aryks und Bäche mit ihren ausgefahrenen Furten, die entgegenkommenden Reiter und Wagen; die Schwalben am Weg, die gewandt vor und zurück sausten und bisweilen um ein Haar die Pferdemäuler streiften – all dies verströmte Glück und Schönheit. Aber daran dachte Sultanmurat nicht, denn wer denkt schon über sein Glück nach, solange es noch währt. Er spürte nur, daß die Welt nicht besser eingerichtet sein konnte. Und daß es keinen besseren Vater gab.
Selbst die schwarzköpfigen, seitlich gelbgefiederten Feldvögel schmetterten in Dornengestrüpp und Hekken nicht von ungefähr immer wieder denselben ein-

studierten Triller. Sie wußten, für wen sie pfiffen. Wußten, wie sehr Sultanmurat sie liebte. Saraigyre* heißen diese Vögel, und man nennt sie so, weil sie ihr Leben lang mit ihren Pfiffen einen gewissen gelben Hengst antreiben: »Tschu, tschu, Saraigyr! Tschu, tschu, Saraigyr!« Sonderbare Vögel sind das! Hat doch, was sie zwitschern, in jeder Sprache einen anderen Sinn. Einmal kam ein Filmvorführer ins Dorf, ein lustiger, russischer Bursche. Sultanmurat wich ihm nicht von der Seite, er half ihm die Filmdosen tragen, und am Abend durfte er dafür auch als erster den Dynamo drehen. Der Dynamo erzeugt elektrischen Strom, vom Strom leuchten die Lampen auf, die Lampen werfen ihr Licht auf eine weiße Mauer – die Projektionswand, und auf der Projektionswand erscheinen lebende Bilder.

Der Filmvorführer also lauschte und fragte: »Was singt denn da für ein Piepmatz hinterm Zaun?«

»Das ist ein Saraigyr!« erläuterte Sultanmurat.

»Und was singt er?«

»Tschu, tschu, Saraigyr!«

»Was heißt denn das?«

»Das weiß ich nicht. Auf russisch vielleicht: Hü, hü, gelber Hengst!«

»Erstens gibt es keine gelben Hengste, aber meinetwegen. Doch warum immerfort ›Tschu, tschu, Saraigyr!‹?«

»Der Vogel denkt, er reitet auf einem Saraigyr zur Hochzeit, reitet und reitet, kommt aber nicht ans Ziel, da treibt er das Pferd an: Tschu, tschu!«

* abgeleitet von sary – gelb, aigyr – Hengst

»Ich hab was anderes gehört. Angeblich hat ein Saraigyr mal Karten gespielt auf dem Basar. Beinah hätte er drei Rubel gewonnen, aber eben nur beinah. Und deshalb bettelt er: ›Uuuuh, uuuh, drei Rubel her!‹ Das wird er singen, bis er sie gewinnt.«

»Und wann wird das sein?«

»Nie. Genauso wie er nie zur Hochzeit kommt.«

»Spaßvogel.«

Eigentlich sah der Piepmatz wirklich nach nichts aus, dabei war er so eine Berühmtheit.

Die Saraigyre sangen den ganzen Weg über. Sultanmurat lächelte ihnen zu. »Kommt mit, wir gewinnen drei Rubel auf dem Basar!«

Sie aber pfiffen unentwegt ihr »Tschu, tschu, Saraigyr!« oder auch: »Uuuh, uuuh, drei Rubel her!«

Sultanmurat plagte die Ungeduld. Nur schnell in die Stadt, so schnell wie möglich. Die Sonne stand schon hoch über den Bergen. Er trieb die Pferde an: »Tschu, tschu, Saraigyr!« Das galt Tschabdar. »Tschu, tschu, Toraigyr! Brauner!« Das galt Tschontoru.

Der Vater bremste ein wenig: »Jag sie nicht zu sehr. Die Pferde wissen selber Bescheid. Sie rennen, so schnell sie können.«

»Wer ist eigentlich besser, Ata, Tschabdar oder Tschontoru?«

»Beide sind gut. Schnell und auch kräftig. Sie arbeiten wie Maschinen. Wenn man sie nur regelmäßig und anständig füttert und das Geschirr in Ordnung hält, dann enttäuschen sie einen nie. Zuverlässige Gäule. Voriges Jahr am Tschu-Kanal haben wir in sumpfigem

Gelände gearbeitet. Beladene Wagen versanken da bis zur Radnabe. Es war zum Verzweifeln! Da kamen sie angelaufen: Hilf uns aus der Patsche! Bettelten. Kann man da stur sein? Ich also hin mit Tschabdar und Tschontoru, wir spannen sie um, und nun paß auf: Wir sagen – Vieh, dabei sind sie schlau, begreifen, daß sie das Fuhrwerk rausziehen müssen. Die Peitsche hab ich beinah nicht gebraucht, ein Zuruf genügte, da legten sie sich schon ins Zeug, was die Stränge hielten – sie gingen in die Knie, aber sie zogen den Karren aus dem Dreck. Alle kannten sie dort am Tschu-Kanal, und mich haben sie beneidet: Ein Glück hast du, Bekbai! Vielleicht hatte ich wirklich Glück, aber Pferde brauchen eben Pflege, dann klappt es auch.«

Tschabdar und Tschontoru trabten noch immer einträchtig dahin, als wäre es ihnen gleich, was man über sie sprach. Sie liefen mit verschwitzten Bäuchen und feuchten Ohren, warfen zwischendurch die Schöpfe hoch und verscheuchten die Fliegen.

»Ata, wer ist älter?« fragte Sultanmurat den Vater. »Tschabdar oder Tschontoru?«

»Tschontoru hat drei Jahre mehr drauf. Ich merk's. Seine Ausdauer läßt schon nach, manchmal macht er schlapp. Tschabdar aber ist in bester Verfassung. Ein sehniges, schnelles Pferd. Auf dem läßt du viele hinter dir beim Wettreiten. Früher nannte man so ein Tier Dshigitenpferd.« Sultanmurat freute sich über Tschabdar, denn der gefiel ihm besser. Eine ungewöhnliche Farbe – gelb, gesprenkelt. Mucken hatte der Wallach auch nicht weiter, er war schön und kräftig.

»Mir gefällt Tschabdar besser«, sagte Sultanmurat zum Vater. »Tschontoru ist böse. Der schielt schon so.«
»Von wegen böse – klug.« Der Vater lachte auf. »Er mag es nicht, wenn man ihm grundlos zusetzt.« Nach kurzem Schweigen fügte er hinzu: »Beide sind gut.«
Dem Sohn war's auch so recht.
»Beide sind gut«, wiederholte er und trieb die Pferde an.
Etwas später sagte der Vater: »Halt mal einen Augenblick.« Er ließ einen Pfiff hören, ruhig, abwartend. »Die Pferde wollen Wasser lassen, können es aber nicht sagen. Merken muß man's.«
Tatsächlich harnten beide Wallache geräuschvoll in schaumigen Strahlen, und der puderfeine, dichte Staub unter ihren Füßen, der den Urin aufnahm, quoll blasig auf.
Dann ging es wieder voran. Der Weg führte weiter, immer weiter, und die Berge blieben schon merklich zurück.
Bald kamen die Gärten der Vorstadt in Sicht. Die Straße belebte sich. Nun ergriff der Vater wieder die Zügel. Und er tat recht daran. Jetzt hatte Sultanmurat anderes im Sinn als Zügel und Pferde. Die Stadt begann. Ganz benommen machten ihn ihr Lärm, ihre Farben und Gerüche. Als hätte man ihn jäh in einen reißenden Strom geworfen und der trüge ihn davon, wirbelte und schaukelte ihn auf seinen Wellen.
Damals, an jenem beseligenden Tag, hatte er Glück gehabt wie kein zweiter auf Erden: Auf dem Attscha-

bar, dem großen Dshambuler Viehmarkt, gastierte gerade eine Tierschau. Das traf sich gut. Da kommt einer das erstemal in die Stadt und findet eine Schau vor mit nie gesehenen wilden Tieren, ein Karussell und obendrein ein Spiegelkabinett.

2

Ins Lachkabinett ging er dreimal. Er kugelte sich vor Vergnügen, beruhigte sich und lief wieder zu den wunderbaren Zerrspiegeln. Nein, diese Fratzen! Auf so was wäre er nie und nimmer gekommen, und wenn er sich auf den Kopf gestellt hätte.

Der Vater bat einen ihm bekannten Teestubenbesitzer, auf ihren Wagen zu achten, und führte Sultanmurat auf den Basar. Zunächst begrüßten sie Freunde des Vaters – hiesige Usbeken. »Assalam aleikum! Das ist mein Ältester!« stellte Bekbai den Sohn vor. Die Usbeken hießen Sultanmurat willkommen – erhoben sich von ihren Plätzen und legten die Hand an die Brust. »Ein höfliches Volk!« äußerte der Vater anerkennend. »Der Usbeke achtet nicht darauf, ob man jünger ist an Jahren, er erweist jedem die Ehre.«

Dann schlenderten sie an den Marktständen entlang, durch Geschäfte und vor allem durch die Tierschau. Sie drängten sich durchs Getümmel und blickten in alle Käfige, alle Gatter. Ein Elefant, Bären, Affen, Meerkatzen – was gab es da nicht alles!

Unvergeßlich blieb für Sultanmurat der riesige Elefant – grau wie ein Hügel mit verbranntem Gras –, der trat immerzu von einem Bein aufs andere und schwenkte seinen Rüssel. Das war ein Anblick! Die Leute standen davor, starrten ihn an und erzählten allerlei Ammenmärchen. Daß der Elefant Angst hat vor Mäusen. Daß man ihn nicht necken darf, sonst reißt er sich, Gott verhüt's, von der Kette und zertrampelt die ganze Stadt, daß nur Scherben übrigbleiben. Am meisten aber gefiel Sultanmurat, was ein alter Usbeke zum besten gab: Der Elefant sei das klügste Tier auf Erden. Mit seinem Rüssel bewege er mächtige Baumstämme bei Waldarbeiten, hebe aber auch ein Kleinkind von der Erde, wenn eine Schlange den Knirps bedrohe oder eine andere Gefahr und Erwachsene nicht in der Nähe seien.
Derlei Geschichten beeindruckten auch den Vater. Da stand er, wiegte den Kopf, schnalzte mit der Zunge und wandte sich jedesmal an den Sohn: »Hast du gehört? Wunder gibt's auf Erden!«
Natürlich konnte Sultanmurat auch das Spiegelkabinett nicht vergessen. Da lacht man sich halbtot über sich selber ...
Sultanmurat schielte zu Myrsagül hin, die einige Bänke weiter saß. Dich müßten wir mal in ein Lachkabinett stecken! dachte er übermütig. Dann würdest du anders reden, meine Hübsche! Wenn du dich in den Spiegeln sähst, würdest du dich nicht mehr so aufspielen! Aber alsbald schämte er sich dieser Gedanken. Warum zog er dauernd über sie her, was hatte sie ihm

nur getan? Sie war ein Mädchen wie alle andern, schön freilich, die Schönste in der Klasse. Aber konnte sie was dafür? Dann und wann erwischte sie sogar eine Drei mit Schwänzchen.

Einmal hatte ihr die Lehrerin in der Stunde einen kleinen Spiegel weggenommen. »Fängst früh an, eitel zu werden«, sagte sie. Myrsagül wurde puterrot vor Scham, hätte fast geweint. Er aber war aus unerfindlichem Grund für sie gekränkt. Ein Spiegel, was ist das schon, vielleicht hatte sie ihn ganz zufällig in der Hand gehabt?

Sultanmurat blickte noch einmal zu ihr hin und spürte Mitleid. Blaugefroren war sie, bibberte vor Kälte, ihre Augen glänzten wie feuchte Steine, es sah aus, als ob sie weinte. Ihr Vater und ihr Bruder waren doch an der Front. Und er dachte schlecht von ihr. Ein Trottel war er, ein ausgemachter Dummkopf.

Viele in der Klasse waren erkältet und husteten. Sollte er's nicht auch mal versuchen? Also hustete er gewollt, zitterte und hampelte herum. Na und? Alle husteten, war er schlechter? Inkamal-apai warf ihm einen vielsagenden Seitenblick zu und fuhr fort in ihren Erläuterungen.

3

Nach Tierschau und Lachkabinett gingen sie auf den Trödelmarkt. Hier kauften sie Geschenke. Für Adshymurat eine Kinderpistole, neu und schön, metallisch glänzend, eine wahre Pracht, beinah wie ein richtiger Revolver. Für die Mädchen erstanden sie weiche bunte Neckbälle. Zog man am Gummi, hüpfte der Ball nach oben und nach unten. Der Mutter kauften sie ein Tuch und Süßigkeiten.

Den ganzen Basar liefen sie ab, alles sahen sie sich an, nur Karussell fuhr Sultanmurat nicht, und der Vater bot es ihm auch nicht an. »Das ist was für die Kleinen«, sagte er, »du bist schon ein Dshigit, wirst in zwei Jahren verheiratet.« Er machte Spaß. Sie standen eine Weile beim Karussell und sahen zu. Dann drängte der Vater. »Wir müssen schnell zum Depot, die Kanister füllen – und wieder heim. Es ist schon spät.« Und wirklich, die Sonne sank bereits hinter der Stadt, als sie am Depot anlangten. Von da ging's ein Stück am Ortsrand entlang, unterwegs stärkten sie sich in einer Teestube mit Pilaw, dann begaben sie sich auf den Rückweg.

Als die Dämmerung hereinbrach, hatten sie die Vorstadtgärten hinter sich gelassen und befanden sich wieder auf der Straße, die sie am Tag in die Stadt geführt hatte. Ein warmer Wind wehte, geschwängert mit dem Duft von Sommergräsern. Frösche quakten in den Aryks beiderseits der Straße. Die Pferde gingen im Schritt, mit vollen Kanistern macht man keine großen Sprünge. Allmählich wurde Sultanmurat schläfrig. Er war erschöpft. Wie sollte er auch nicht – es war der Tag seines Lebens gewesen. Schade, daß er sich nicht auf dem Wagen ausstrecken konnte. Zu gern hätte er sich aufs Ohr gelegt. Er lehnte sich gegen die Schulter des Vaters, und unversehens war er eingeschlafen. Ab und an, wenn der Karren über Schlaglöcher holperte, erwachte er, aber gleich übermannte ihn wieder der Schlaf. Und jedesmal, bevor ihm die Augen zufielen, ging es ihm durch den Sinn: Welch ein Segen, daß es auf Erden Väter gibt! Wohlig und geborgen fühlte er sich an Vaters kräftiger Schulter. Der Wagen aber polterte und knarrte, und die Pferde klapperten mit den Hufen.

Sultanmurat wußte nicht, wie lange sie gefahren waren, als der Wagen plötzlich stehenblieb. Die Räder hatten aufgehört zu rattern. Alles war verstummt. Der Vater nahm ihn auf die Arme und trug ihn irgendwohin.

»Groß geworden ist der Bengel, den kriegt man ja kaum weg. Hat der ein Gewicht«, murmelte er, während er ihn an die Brust preßte.

Dann legte er ihn auf einen Haufen Heu, deckte ihn mit seiner Wattejacke zu und sagte: »Schlaf nur, ich spann derweil die Pferde aus und laß sie weiden.«

Sultanmurat blinzelte nicht einmal, so wohl tat ihm der Schlaf. Dachte nur wieder: Wie schön, daß es Väter gibt auf Erden.

Noch einmal erwachte er, als der Vater ihm die Schuhe aufschnürte und von den Füßen zog. Jetzt erst merkte

er, wie sehr sie gedrückt hatten, die Schuhe! Wie war der Vater nur daraufgekommen?
Erneut schlummerte er ein und fühlte eine Leichtigkeit im ganzen Körper, als schwämme er dahin, ließe sich von einem Strom treiben. Im Traum sah er Gräser unter Windstößen wogen. Er lief durch dieses unendliche Grün, tauchte unter seine Wellenkämme, und in das hohe, schwingende Gras fielen lautlose Sterne vom Himmel. Bald hier, bald da fiel einer herab – unhörbar, aber feuersprühend. Doch ehe Sultanmurat zur Stelle war, erlosch Stern um Stern. Er wußte, das war ein Traum. Wenn er hin und wieder erwachte, hörte er, wie die gekoppelten Pferde junges Gras bis auf die Wurzeln abknabberten und mit dem gelockerten Zaumgebiß klirrend um den Heuhaufen herumstakten. Er wußte, der Vater schlief nebenan, sie nächtigten auf freiem Feld, und er brauchte nur die Augen zu öffnen, um wirklich Sterne vom Himmel fallen zu sehen. Doch er wollte die Augen nicht aufschlagen, er schlief gar zu gut. Nach Mitternacht wurde es kühl. Immer näher rückte er an den Vater heran, er schmiegte sich an ihn, und da umarmte ihn der Vater schlaftrunken, preßte ihn an sich. Unterwegs kampierten sie auf dem Feld, unter freiem Himmel. Das war etwas anderes als zu Haus, in warmen Kissen.
Oft entsann er sich später dieses Sternentraums. Bis zum Morgengrauen erklang in der Nähe das helle *pick-wer-wick* eines Wachtelweibchens, ganze zwei Schritt von ihnen entfernt. Sicher sind alle Wachteln auf Erden glücklich.

4

»Sultanmurat, was hast du?« Inkamal-apai trat zu seiner Bank, und erst da bemerkte er sie.
»Ach, nichts.« Als müsse er sich rechtfertigen, stand Sultanmurat auf.
In der Klasse war es noch immer kalt und still. Gelächter von Mitschülern flackerte auf, mengte sich in das übliche Gehuste.
»Erst krächzt du ohne Not, dann hörst du nicht, wenn ich dich was frage«, tadelte ihn Inkamal-apai und zog fröstelnd die Schultern hoch. »Hol lieber Stroh und heiz den Ofen.«
Bereitwillig stürzte Sultanmurat los. Klar, so was kommt nicht oft vor mitten im Unterricht. Während der Pausen bringen die Ordnungsschüler Stroh in die Klasse und machen Feuer, aber in der Stunde ist das eine Seltenheit.
Er sprang hinaus auf die Freitreppe. Treibschnee schlug ihm ins Gesicht. Na ja, Ceylon war das nicht! Als er über den Hof zum Schuppen lief, nach dem Stroh, sah er, wie der Kolchosvorsitzende Tynalijew vom Pferd sprang. Der war noch jung, ging aber krumm. Ihm fehlten ein paar Rippen. Von den Fallschirmjägern kam er, hieß es, von der Luftlandetruppe. Vor dem Krieg, so erzählte man, war er Agronom gewesen. Sultanmurat erinnerte sich nicht mehr daran. Alles vor dem Krieg war schon wie eine fremde Welt; kaum noch zu glauben, daß es so was gab – Vorkriegszeit.

Sultanmurat packte ein großes Bund Stroh, ging zurück zur Klasse und öffnete die Tür mit einem Fußtritt. Die Kinder tuschelten, lebten auf.
»Ruhe, laßt euch nicht ablenken!« forderte Inkamalapai. »Und du, Sultanmurat, mach deine Arbeit, aber ohne unnötigen Lärm!« Im Ofen, inmitten eines Häufleins niedergebrannter Strohasche, glomm sacht, wie der Atem eines Säuglings, ein schwaches Feuer. Er entfachte es unter einem Strohbüschel. Dann legte er zu – noch ein Büschel, ein drittes, viertes, der Ofen heulte auf, während er das Stroh verschlang. Sultanmurat schaffte es kaum, nachzulegen. In der Klasse wurde es lustiger.
Er hätte sich gar zu gern nach den andern Jungs umgedreht, dem einen eine Fratze geschnitten, dem andern auf gut Glück mit der Faust gedroht, besonders dem Anatai auf der letzten Bank. Der war schließlich der Älteste, fünfzehneinhalb Jahre schon, ein Streithammel, und manchmal scharwenzelte er aufdringlich um Myrsagül herum. Einen Vogel müßte er ihm zeigen. Da hast du's! Ätsch! Aber das ging nicht. Die Lehrerin war streng. Und er mochte sie auch nicht wieder ärgern. Wo sie schon so lange vergeblich auf Post wartete von ihrem einzigen Sohn! Er war Kommandeur bei der Artillerie. Ihr ganzer Stolz. Ihr Mann aber war schon vor dem Krieg verschollen, dem war etwas Schlimmes passiert Was, darüber redete keiner. Darum war sie auch in den Ail gekommen und Lehrerin geworden. Ihr Sohn hatte in Dshambul studiert, an der Pädagogischen Hochschule, und war von da aus

an die Front gegangen. Sowie Inkamal-apai den berittenen Briefträger durchs Fenster entdeckte, schickte sie einen aus der Klasse hinaus, nach Post. Der rannte auf den Hof, und wenn ein Brief da war, flitzte er zurück, so schnell ihn die Beine trugen. Es gab sogar eine bestimmte Reihenfolge, wer als nächster dran war, für die Lehrerin nach Post zu laufen.

Kam aber ein Brief, dann war das ein Feiertag! Sofort überflog Inkamal-apai die paar Zeilen, und hob sie danach den Kopf vom Papier, schien ein anderer Mensch vor der Klasse zu stehen. Konnte man da unbeteiligt bleiben, wenn man sah, wie sich die Lehrerin mit den sorgsam unters Kopftuch geschobenen grauen Haarsträhnen freute; das Herz krampfte sich einem zusammen beim Anblick der Tränen in ihren Augen.

»Er läßt euch alle herzlich grüßen, Kinder. Euer Agai, der ältere Bruder, ist gesund und munter. Er kämpft . . .«, sagte sie, bemüht, das Zittern in ihrer Stimme zu unterdrücken, und den Kindern stand im Gesicht geschrieben, wie froh sie waren. Alle lächelten ihr zu, strebten ihr gleichsam entgegen, um ihr Glück zu teilen. Im nächsten Moment aber besann sie sich: »Und nun, Kinder, laßt uns weitermachen.«

Danach begann das Schönste im Unterricht: Ihre Worte wirkten plötzlich viel kraftvoller, sie sprühte nur so vor Einfällen, und was immer sie erzählte, erklärte, bewies, drang in Herz und Verstand der Schüler. Das war ihre Stunde, und die Klasse saß da wie verzaubert. In den letzten Tagen war Inkamal-apai auffallend bedrückt gewesen. Darum wohl wich sie wie gebannt zur Tafel zurück, als in der Klassentür der Kolchosvorsitzende Tynalijew in Begleitung des Schulleiters erschien. Dennoch fand sie die Kraft zu sagen: »Steht auf, Kinder, und du, Sultanmurat, geh an deinen Platz.«

Sultanmurat klappte die Ofentür zu und lief rasch zu seiner Bank.

Die Ankömmlinge grüßten.

»Guten Tag!« erwiderte die Klasse.

Eine gespannte Pause trat ein. Nicht einmal zu husten wagten die Kinder.

»Ist was passiert?« fragte Inkamal-apai mit brüchiger Stimme.

»Nein, nichts Schlimmes, Inkamal-apai«, beruhigte Tynalijew sie sogleich. »Ich komme wegen was anderem. Muß mit den Kindern reden. Daß ich Ihren Unterricht störe, bitte ich zu verzeihen – ich hab die Erlaubnis.« Er wies mit dem Kopf auf den bejahrten Schulleiter.

»Ja, wir haben Wichtiges zu besprechen«, bekräftigte dieser. »Setzt euch, Kinder.«

Schon saß die Klasse.

Den Vorsitzenden kannten alle, obwohl er den Kolchos noch nicht lange leitete, erst seit dem Herbst, seit er von der Front zurückgekehrt war, und er selbst kannte wohl auch alle hier. Er kam gewiß nicht, um sie kennenzulernen. Wozu auch? Die Schüler der siebenten Klasse waren nicht zu übersehen. Mit jedem von ihnen hätte er auch zu Hause reden können, im Büro, auf der Straße, wo es sich gerade traf. Daß der Vorsitzende eigens in den Unterricht kam, um mit den Schülern zu sprechen, hatte es noch nie gegeben. Was wollte er wohl von ihnen? Im Sommer war's was anderes, da arbeiteten sie allesamt im Kolchos, aber jetzt? »Also folgendes«, begann Tynalijew, aufmerksam in die gespannten Kindergesichter blickend und bemüht, sich möglichst gerade zu halten, damit sein Gebrechen weniger auffiel. »Kalt habt ihr's in der Schule, trotzdem kann ich euch nicht helfen, kann höchstens Stroh geben. Das lodert auf und erlischt, ihr wißt es ja. Früher heizten wir mit getrocknetem Schafsmist; den holten wir mit Lasttieren von den Bergen, luden ihn dann um auf Leiterwagen. Voriges Jahr hatten wir dazu weder Leute noch Zeit. Alle sind an der Front. Ich habe noch zwei Tonnen Kohle unter Verschluß, bei Spekulanten in Dshambul gekauft. Das ist für die Schmiede. Auch Eisen für die Schmiede hab ich bei Spekulanten gekauft. Irgendwann kriegen wir die Brüder schon noch am Kragen. Einstweilen aber geht's uns hundeelend. Auch an der Front haben wir es schwer. Voriges Jahr sind wir eingebrochen, auf zweihundert Hektar haben wir den Winterweizen nicht in den Boden gebracht. Niemand hat schuld daran. Es ist Krieg. Könnte man sagen. Wenn sich aber alle mit solchen Verlusten abfinden, zuwenig aussäen, zuwenig ernten wie wir, dann kann es geschehen, daß wir den Feind nicht bezwingen. Ja, um ihn zu besiegen, brauchen wir Brot und Waffen. Ich bin zu euch gekommen, Kinder, weil ein paar von euch vorübergehend wegmüssen von der Schule. Wir dürfen keine Zeit verlieren, müssen die Zugpferde für die Frühjahrsbestellung vorbe-

reiten, dabei graust einen, sie anzusehen, sie halten sich kaum noch auf den Beinen. Wir müssen das Pferdegeschirr instand setzen, es ist völlig hinüber, müssen die Pflüge und Sämaschinen reparieren, unser ganzes Inventar vergammelt unterm Schnee. Warum sag ich euch das alles? Weil wir auf den Flächen, wo kein Wintergetreide eingebracht ist, Sommergetreide säen müssen. Unbedingt, ohne Widerrede. Das heißt, mit eigenen Kräften über den Plan hinaus noch zweihundert Hektar pflügen und bestellen. Zweihundert Hektar! Begreift ihr? Woher aber die Arbeitskräfte nehmen, auf wen sich stützen? Da haben wir beschlossen, zusätzlich zu allem, worüber wir verfügen und was wir so schon für die Frühjahrskampagne vorbereiten, noch eine Brigade mit zweischarigen Pflügen auf die Beine zu stellen. Wir haben hin und her überlegt. Frauen können wir nicht schicken. Das Land liegt weitab, in Aksai – keine Leute! Uns blieb nichts anderes übrig, als euch um Hilfe zu bitten.«
So sprach der Vorsitzende Tynalijew, ein strenger, verschlossener Mann, der ständig in seinem grauen Armeemantel herumlief und natürlich darin fror, die graue Ohrenklappenmütze auf dem Kopf, mit sorgenvoll spitzem Gesicht, jung noch, aber krumm, weil ihm einige Rippen fehlten, die unvermeidliche Feldtasche an der Seite.
So sprach der Vorsitzende Tynalijew, dabei stand er neben der Wandtafel mit der Geographiekarte, eben jener Karte, auf der gewitzte Leute alle Länder und Meere untergebracht hatten, darunter auch wunder-

same Gegenden wie Ceylon, Java, Sumatra, Australien, wo das Leben eitel Freude ist – sogar für Faulenzer . . .

So sprach der Vorsitzende Tynalijew in der Schule, und vor dem Ofen lag Stroh, das mehr Schmutz auf dem Fußboden verbreitete als Wärme im Raum. Und als er sagte, man müsse im fernen Aksai zusätzlich Hunderte Hektar mit Sommergetreide bestellen, stieg Dampf aus seinem Mund, als stände er draußen im Freien.

Das also war die Rede des Vorsitzenden Tynalijew.

Draußen fegte und stöberte noch immer das Unwetter, es zog durch alle Ritzen. Sultanmurat sah vom Fenster aus, wie das schneegepeitschte Pferd des Vorsitzenden am Pflock von einem Fuß auf den andren trat und den Kopf vor dem Sturm zu schützen suchte. Der Wind aber zauste seine Mähne, riß den zerwühlten Schweif zur Seite. Das Pferd fror.

Ja, Ceylon war das nicht.

»Nicht aus Übermut entzieh ich euch dem Unterricht«, erklärte Tynalijew. »Wir sind dazu gezwungen. Ihr müßt das begreifen. Nach dem Krieg, vielleicht auch früher, wenn ich es erlebe, bring ich diese Kinder selber in die Schule zurück, und bitte, daß sie weiterlernen. Einstweilen aber steht es so . . .«

Dann sprach der Schulleiter. Dann wieder Tynalijew. Als es in der Klasse unruhig wurde – die Kinder streckten die Arme hoch: Ich will zur Arbeit, ich! –, sorgte Tynalijew alsbald für Klarheit: »Wer denkt, daß ich unbesehen jeden Schüler nehme, ist auf dem Holzweg. Lernt einer schlecht, dann arbeitet er auch nicht besser. Außerdem schafft es ein guter Schüler später leichter, Versäumtes nachzuholen. Du, beispielsweise, Sultanmurat, bist doch wohl der größte in der Klasse . . .«

Die Kinder riefen dazwischen: »Anatai ist der größte. Er wird bald sechzehn.«

»Ich meine nicht das Alter. Die Körpergröße. Aber auch das ist nicht entscheidend. Du, Sultanmurat«, wandte sich der Vorsitzende wieder an ihn, »hast doch voriges Jahr Gemüsegärten gepflügt, stimmt's?«

»Ja«, antwortete Sultanmurat und stand auf. »An der Araler Straße.«

»Mit dem Zweischarigen und einem Vierergespann?«

»Ja, mit einem Zweifurchenpflug und vier Pferden, aber ich hab nur geholfen. Der Pflug gehörte Sartbai, der war gerade eingezogen worden. Für die Gemüsegärten wurde es schon höchste Zeit. Da hat mich Aksakal Tschekisch gebeten einzuspringen.«

»Ich weiß. Deshalb hab ich ja mit dir begonnen«, sagte der Vorsitzende. Alle drehten sich um nach Sultanmurat. Er erhaschte Myrsagüls Blick. Sie sah ihn ganz eigen an, nicht so wie die andern, und errötete plötzlich, als wäre von ihr die Rede. Ihm war das peinlich, sein Herz begann zu hämmern.

»Ich hab auch Gemüsegärten gepflügt!« schrie Anatai von seinem Platz.

»Ich auch!« warf Erkinbek ein.

Noch mehr Stimmen wurden laut.

Tynalijew bat um Ruhe.

»Immer der Reihe nach, Kinder. Das ist eine ernste Angelegenheit. Fragen wir erst mal nach den Zensuren. Wie steht's bei dir damit, Sultanmurat?«

»Nicht besonders«, brummte der.

»Was – besonders?«

»Na – nicht gerade schlecht.«

»Aber auch nicht besonders gut«, ergänzte Inkamalapai, die die ganze Zeit über geschwiegen hatte. »Ich sag ihm dauernd: Du könntest viel besser stehen, hundertmal besser. Er ist sehr begabt. Aber leider auch ein Flattergeist.«

»Tjaaa«, meinte der Vorsitzende nachdenklich. »Und ich dachte ... Na schön. Dein Vater ist an der Front. Für ihn also wirst du Brotgetreide säen. Und wie steht's bei dir, Anatai?«

»Genauso.« Streitlustig sprang er auf.

»Das heißt, einer taugt ebensoviel wie der andere.« Tynalijew lächelte spöttisch und sagte nach kurzem Schweigen: »Wenn ihr in die Schule zurückkommt, werdet ihr besser verstehen, was das bedeutet – lernen. Ich weiß das aus Erfahrung. Beim geringsten Anlaß heißt's: Bleibt mir gestohlen, ich geh lieber arbeiten. Ja, lebt denn der Mensch nur für die Arbeit? Was meinst du, Anatai?«

Anatai setzte zu einer Erklärung an, bekannte dann aber: »Weiß ich nicht.«

»Ich weiß auch nicht alles«, sagte Tynalijew, »aber wäre nicht Krieg, drückte ich wieder die Schulbank, bestimmt.«

Die Klasse wollte sich ausschütten vor Lachen. Seltsam – ein erwachsener Mann, Kolchosvorsitzender, und will büffeln! Sie hatten doch alle die Schule satt, und wie!

»Was ist da komisch?« Tynalijew lächelte. »Ja, Kinder, ich würde sehr gern lernen. Später werdet ihr das begreifen.«

Da nutzte einer in der Klasse die Gelegenheit und unterbrach den Vorsitzenden: »Baschkarma-agai, stimmt es, daß Sie aus dem Flugzeug abgesprungen sind?«

Tynalijew nickte.

Der Bengel ließ nicht locker: »Toll! Hatten Sie keine Angst? Ich bin mal vom Dach des Tabakschuppens auf einen Heuhaufen gehopst – schon da haben mir die Knie gezittert!«

»Ja, ich bin abgesprungen. Aber mit dem Fallschirm, versteht sich«, erläuterte Tynalijew. »Das ist so eine Kuppel, die sich überm Kopf entfaltet, wie eine Jurte . . .«

»Wissen wir, wissen wir«, ertönte es im Chor.

»Na also, wir waren eine Luftlandetruppe. Mit dem Fallschirm abspringen – das war unsere Arbeit.«

»Was ist eine Luftlandetruppe?« erklang wieder eine Stimme.

»Eine Luftlandetruppe? Das ist eine operative Kampfformation, die irgendwohin geschickt wird, um eine besonders wichtige Aufgabe zu erfüllen. Klar?«

Schweigen in der Klasse.

»Eine Luftlandetruppe kann aus ein paar Mann bestehen, aber auch aus vielen tausend«, erklärte Tynalijew. »Entscheidend ist, daß sie ins feindliche Hinterland eindringt und selbständig operiert. Wenn ihr noch Fragen habt, erklär ich's ein andermal. Jetzt aber zur Sache. Anatai, setz dich, was stehst du denn? Dein Vater kämpft auch an der Front.«

»Meiner auch!«

»Meiner auch!«

»Und meiner!«

»Und meiner!«

Tynalijew hob die Hand. »Ist mir alles bekannt, Kinder. Denkt nicht, daß ich mich von früh bis spät nur mit dem Kolchos befasse. Ich kenne alle, die bei der Armee sind oder im Lazarett. Und kenne euch alle. Deshalb bin ich ja hergekommen. Also, Anatai, auch du wirst Brotgetreide säen für den Vater, mußt für ein Jahr oder sogar länger die Schule verlassen.«

»Ich auch!« – »Und ich?« – »Und ich?« Einige wollten aufspringen. Wer hält sich schon in solchen Fällen nicht für einen Helden. Hier war die Gelegenheit: Schluß mit der Schule. Arbeit – hoch zu Pferd. Was wollte man mehr?

»Nein, wartet!« beschwichtigte sie der Vorsitzende. »So nicht. Nur wer sich bereits mit dem Pflug auskennt. Du, Erkinbek, hast doch auch schon Gemüsegärten gepflügt? Dein Vater ist bei Moskau gefallen, ich weiß. Viele haben ihre Väter und Brüder verloren. Auch dich bitte ich, Erkinbek, hilf uns. Du wirst Land aufbrechen, statt die Schule zu besuchen. Da kann man nichts machen. Deiner Mutter erklär ich selber . . .«

Dann rief der Vorsitzende noch zwei Jungen auf – Er-

gesch und Kubatkul. Und sagte, er erwarte sie allesamt morgen früh im Pferdestall zur Besprechung.
Zu Haus, spätabends schon, vor dem Schlafengehen, erzählte Sultanmurat der Mutter vom Besuch des Kolchosvorsitzenden in der Schule. Die Mutter hörte ihn schweigend an und rieb sich müde die Stirn – den ganzen Tag hatte sie im Kolchos gearbeitet, in der Viehfarm, und abends die Kinder besorgt –, doch Adshymurat, der kleine Dumme, jubelte unangebracht: »Mann! Nicht mehr in die Schule müssen! Hinterm Pflug gehn, reiten! Das will ich auch!« Die Mutter fragte streng: »Sind die Schulaufgaben gemacht?«
»Ja«, erwiderte Adshymurat.
»Dann ab ins Bett, und keine Widerrede! Verstanden?«
Zum Ältesten sagte sie kein Wort.
Später erst, als sie die Mädchen zu Bett gebracht hatte und sich anschickte, die Lampe zu löschen, war sie mit ihrer Selbstbeherrschung am Ende; wohl in der Meinung, daß Sultanmurat bereits schlief, ließ sie den Kopf auf die Arme fallen und brach in Tränen aus. Leise und lange weinte sie, und ihre schmalen Schultern zuckten. Sultanmurat wurde es schwer ums Herz, am liebsten wäre er aufgestanden, hätte die Mutter beruhigt, sie in die Arme genommen und ihr gut zugeredet. Doch er traute sich nicht, sie zu stören, mochte sie noch eine Weile sitzen bleiben. Sicher dachte sie jetzt an den Vater (wie es ihm dort im Krieg erging) und an die Kinder (vier waren sie immerhin!), ans Haus und manche anderen Kümmernisse.
Typisch Frau. Die haben am Wasser gebaut. Auch die

Lehrerin Inkamal-apai war sehr betrübt gewesen, als der Vorsitzende Tynalijew die Klasse verließ – und völlig durcheinander. Es hatte bereits zur Pause geklingelt, sie aber saß noch immer am Tisch und ging nicht. Auch die Klasse rührte sich nicht, keiner lief hinaus, sie warteten, daß die Lehrerin aufstand und den Raum verließ. Auf der Schwelle dann brach Inkamal in Tränen aus. Sie hatte versucht, sich zusammenzunehmen, doch vergebens. Tränenüberströmt ging sie fort. Myrsagül trug ihr ins Lehrerzimmer die vergessene Landkarte nach, und als sie zurückkam, hatte sie ebenfalls feuchte Augen. Tja, Frauen sind eben so. Haben mit allen Mitleid und weinen gleich. Was ist schon groß dabei, in ein, zwei Jahren ist der Krieg zu Ende, dann kann's wieder losgehn mit der Schule.

Mit diesen Gedanken schlief Sultanmurat ein, in den Ohren das Prasseln des Treibschnees.

Auch am nächsten Morgen hörte das Gestöber nicht auf. Dicht über den verharschten Boden fegten Schneewirbel. Am Himmel hingen dunkle Wolken. Den Pferdestall erreichte Sultanmurat blau vor Kälte.

Was sich Tynalijew ausgedacht hatte, war weitaus schwieriger, als Sultanmurat am Vortag angenommen hatte. Zuerst gingen sie mit dem Vorsitzenden und dem Brigadier, dem hageren, rotbärtigen alten Tschekisch, der ihnen je vier Trensen gegeben hatte, zur Koppel beim alten Pferdestall. Hier trotteten auf dem verschneiten Gelände trübselig die Zugpferde herum, zupften Heureste aus halbleeren Krippen. Gewöhnlich sind die Pferde sommersüber in gutem Zustand und verlieren im Winter an Gewicht, aber die hier waren nur noch Haut und Knochen. Solange es ging, hatte man mit ihnen gearbeitet, und als dann der Winter hereinbrach, überließ man sie im Pferdehof ihrem Schicksal. Wer hätte sie auch füttern und pflegen können? Das Futter war knapp. Und das wenige, das vorhanden war, sparte man auf für die Frühjahrsbestellung.

Die Jungen erstarrten, wie vom Donner gerührt.

»Was glotzt ihr so?« brummte der alte Tschekisch. »Habt ihr etwa gedacht, Manas'* schnellfüßige Renner ständen hier für euch bereit? Wählt nicht lange, ihr werdet bestimmt nicht enttäuscht! In zwanzig Tagen ist jeder Gaul hier munter wie ein junger Stier. Was zweifelt ihr? Die Pferde haben Mumm in den Knochen, die brauchen nur Futter und Pflege! Alles andere wissen sie selber!«

»Greift zu, Jungs, wir werden es euch an nichts fehlen lassen«, sagte der Vorsitzende. »Nur zu. Jeder nimmt vier. Ganz nach Geschmack.«

Da geschah etwas Unerwartetes. Inmitten dieser dürren, vernachlässigten Klepper zockelten auch die Pferde vom Vater – Tschabdar und Tschontoru – über die Kolchoskoppel. Sultanmurat erkannte zuerst Tschabdar, an der Farbe – danach auch Tschontoru. Beide großköpfig, struppig, auf dünnen Beinen – ein Stoß und sie fallen um. Sultanmurat freute sich und erschrak zugleich. Sein Stadtbesuch mit dem Vater kam ihm in den Sinn. Wie hatten die Pferde unter Va-

* Legendärer Held aus dem gleichnamigen kirgisischen Epos

ters Obhut ausgesehen! Stolz und selbstsicher waren sie damals vor dem Wagen hergetrabt, gut genährt und kräftig. Und jetzt!

»Da, seht nur, das sind die Pferde von meinem Vater!« schrie Sultanmurat dem Vorsitzenden und dem Brigadier zu. »Tschabdar und Tschontoru!«

»Richtig! Stimmt! Die haben Bekbai gehört!« bekräftigte der alte Tschekisch.

»Nimm sie dir, wenn's so ist! Nimm dir die vom Vater!« verfügte der Vorsitzende.

Sultanmurat suchte sich noch ein zweites Paar – Weißschwanz und Brauner. Vier Stück hatte er nun. Das Gespann für einen Zweifurchenpflug. Die anderen Jungen wählten gleichfalls ihre Gäule.

Arbeit gab es genug, mehr, als erwartet. Auf dem Pferdehof hatten sie alle Hände voll zu tun, obendrein liefen sie jeden Tag in die Schmiede, halfen dem alten Barpy und seinem lahmen Zuschläger, die Pflüge zu reparieren, mit denen sie später das Feld umbrechen würden. Was einst auf dem Schrottplatz gelandet war, wurde jetzt zurechtgebogen und auseinandergeschraubt, entrostet und gesäubert. Selbst alte, stumpf gewordene Pflugschare, die bereits ausgedient hatten, wurden wieder vorgenommen. Die Schmiede plagten sich mit ihnen, hämmerten die Schneiden, härteten sie in Feuer und Wasser. Nicht jedes Schar ließ sich instand setzen, aber wenn es gelang, triumphierte Barpy. Dann mußte der Zuschläger aufs Dach der Schmiede klettern und die Jungs von der Pferdekoppel zusammentrommeln.

»He, ihr Pflüger!« schrie der Lahme vom Dach. »Kommt mal schnell her, Ustake, der Meister, ruft euch!«
Die Jungen kamen angerannt. Und Barpy holte das noch heiße, schwere Pflugschar vom Wandbrett.
»Da, nimm«, sagte er zu dem, für den das nächste Ersatzschar bestimmt war. »Greif zu und wieg es eine Weile in den Händen. Schau es dir an. Halt es mal an den Pflug, geh nur. Prüf, wie es sich unters Streichblatt fügt. Eine Pracht! Paßt, wie der Bräutigam zur Braut! Auf dem Acker wird es heller glänzen als ein Spiegel aus Taschkent. Eure Fratzen könnt ihr in so einem Pflugschar betrachten! Oder schenkt ihr es vielleicht einem Mädchen als Spiegel? Das wär ein Angebinde für alle Ewigkeit! Und jetzt leg es dahin, auf dein Brett. Nimmst es später mit aufs Feld. Das nächste kriegt der andere. Jeder kommt dran. Keiner geht leer aus. Drei Paar mach ich pro Kopf. Neue Zähne kann ich mir nicht schmieden, alles andere aber schaff ich. Ihr kriegt eure Schare. Draußen auf dem Feld werdet ihr noch oft an uns denken, Jungs. Das Schar ist schließlich die Hauptsache beim Pflug. Alles drum herum dient nur ihm. Ist das Schar kräftig, ist's auch die Furche. Wird es stumpf, taugt der Pflüger nichts. Das ist der ganze Witz.«
Er war schon in Ordnung, der alte Barpy. Sein Leben lang hatte er in der Schmiede gestanden. Prahlte gern, verstand aber was von seinem Fach. Auch die Sattlerei mußten sie oft aufsuchen. Der Brigadier Tschekisch verlangte das. »Helft das Geschirr reparieren«, sagte

er. Sonst, meinte er, ist alles für die Katz. Habt Pflüge und Pferde, aber was macht ihr, wenn ihr sie nicht einspannen könnt? Recht hatte er. Deshalb war jeder hinterher, half den Sattlern, für seine Pferde beizeiten das passende Geschirr herzurichten.

Ihre wichtigste, dringlichste Aufgabe war jedoch die Pflege des Zugviehs, der Pferde. Den ganzen Tag, von früh bis spätabends, arbeiteten sie im Pferdestall. Nach Hause kamen sie erst zur Nachtzeit, wenn die letzte Portion Heu verteilt war. Tüchtig mußten sie sich ranhalten!

Die Zeit drängte. Schon ging der Januar zu Ende. Fürs Herausfüttern blieben ihnen dreißig, allenfalls fünfunddreißig Tage. Ob die Arbeitspferde bis zur Frühjahrsbestellung wieder voll zu Kräften kamen, hing jetzt allein von den Pflügern ab. Der Gaul schläft – so ist er nun mal beschaffen –, aber in der Krippe vor ihm muß ständig Futter sein, Tag und Nacht.

Nach Tynalijews Berechnung sollten die Pflüge Ende Februar, sowie das Land schneefrei war, nach Aksai gebracht werden. Dort hatten vor langen Jahren frühere Generationen gepflügt und gesät. Später waren diese Felder verwahrlost. Vielleicht, weil Aksai sehr abgelegen ist und unbewohnt. Und die Äcker können dort nicht bewässert werden, sie sind zumeist hügelig.

Der Brigadier Tschekisch erzählte, daß er noch von seinem Vater gehört habe: Aus Aksai käme der Akkersmann entweder als Bettler zurück, oder er müsse das Volk zusammenrufen, damit es ihm helfe, das Getreide abzufahren. Hauptsache, die Saat kommt recht-

zeitig in die Erde. Dann hängt die Ernte vom Regen ab in Aksai. So sprach der alte Tschekisch.
»Der Landmann geht immer ein Risiko ein und hofft trotzdem«, sagte Tynalijew. Auch er rüstete seine Pflüger aus in der Hoffnung, daß es Regen geben werde und damit eine reiche Ernte in Aksai.
Die Tage gingen dahin. Gegen Ende der Woche waren die Pferde merklich aufgelebt und ein wenig zu Kräften gekommen, sie machten sich allmählich heraus. Mittags wärmte die Sonne bereits. Der Winter spielte wohl mit dem Gedanken, sich zu trollen. Und so führten sie tagsüber die Pferde ins Freie, zu den großen Lehmraufen. In der prallen Sonne fressen die Pferde besser und nehmen rascher zu. Alle fünf Vierergespanne, die zwanzig Tiere der Aksaier *Luftlandetruppe,* standen in einer Reihe an der Raufe längs des Zaunes. Zur Morgeninspektion des Vorsitzenden waren die Jungen schon bei der Arbeit, jeder bei seinem Gespann. Tynalijew hatte sie Aksaier Luftlandetruppe getauft. Und seither sprachen auch die Brigadiere, Fuhrleute und Pferdewärter von nichts anderem als von Luftlandesoldaten, von den Aksaier Pferden, dem Aksaier Heu und den Aksaier Pflügen. Wenn die Leute am Pferdestall vorbeikamen, schauten sie hinein, um sich zu vergewissern, wie es stand um die Luftlandetruppe. Von der Aksaier Luftlandetruppe sprach schon der ganze Ail. Und alle wußten, daß Tynalijew zu deren Kommandeur Sultanmurat ernannt hatte, den Sohn des Bekbai. Das war freilich nicht ohne Zuammenstoß mit Anatai abgegangen. Der begehrte sofort

auf. »Warum soll Sultanmurat Kommandeur sein? Vielleicht wollen wir ihn gar nicht?«
Sultanmurat gab es einen Stich ins Herz. Er ging hoch. »Wer sagt dir, daß ich Kommandeur sein will? Mach ihn doch selber, wenn du Lust hast!« Auch Erkinbek und Kubatkul mischten sich ein: »Bist ja nur neidisch, Anatai!«
»Gönnst es ihm wohl nicht, wie? Entschieden ist entschieden – Kommandeur ist Sultanmurat!«
Ergesch aber nahm Partei für Anatai: »Und warum nicht Anatai? Kraft hat er! Ist nur ein bißchen kleiner als Sultanmurat. In der Schule wird der Klassensprecher gewählt, also wählen wir auch den Kommandeur. Dauernd heißt es bloß – Sultanmurat, Sultanmurat!«
Tynalijew hörte sie schweigend an, lächelte dann, wiegte den Kopf und wurde plötzlich ernst und streng. »Schluß jetzt mit dem Spektakel! Kommt mal her. Tretet an. So, in einer Reihe. Wenn ihr schon Luftlandetruppe genannt werdet, dann benehmt euch auch entsprechend. Und nun hört gut zu und merkt es euch: Ein Kommandeur wird nicht gewählt. Den ernennt der übergeordnete Vorgesetzte.«
»Und wer ernennt den?« unterbrach ihn Ergesch.
»Ein noch höherer!«
Schweigen.
»Seht mal, Jungs«, fuhr der Vorsitzende fort, »es ist Krieg, und wir müssen unser Leben danach einrichten. Für euch hafte ich mit meinem Kopf. Von zweien sind die Väter gefallen, die Väter von dreien stehen an der Front. Den Toten und den Lebenden gegenüber muß

ich für euch geradestehen. Und ich übernehme die Verantwortung, weil ich euch vertraue. Auf euch und eure Pflüge wartet das ferne Aksai. Viele Tage und Nächte werdet ihr allein sein in der Steppe. Wie wollt ihr dort leben und arbeiten, wenn ihr euch bei jeder Gelegenheit zankt und anschreit?«

So sprach der Vorsitzende Tynalijew vor den angetretenen Jungen auf dem Pferdehof. Der einstige Fallschirmjäger stand vor ihnen in seinem alten grauen Militärmantel, die graue Militär-Ohrenklappenmütze auf dem Kopf, sorgenvoll und spitz das Gesicht, jung noch, aber krumm, weil ihm einige Rippen fehlten, die unvermeidliche Feldtasche an der Seite.

So sprach der Vorsitzende Tynalijew vor der angetretenen Aksaier *Luftlandetruppe,* zu deren Kommandeur er Sultanmurat ernannt hatte, Bekbais Sohn.

»Du bist für alles verantwortlich«, sagte er, »für die Menschen, für das Zugvieh, für die Pflüge und fürs Geschirr. Von dir werde ich Rechenschaft fordern für die Feldbestellung in Aksai. Verantwortung tragen heißt seine Aufgabe erfüllen. Wenn du damit nicht fertig wirst, ernenne ich einen andern zum Kommandeur. Einstweilen aber erlaube ich keinem zu widersprechen.«

Das sagte der Vorsitzende Tynalijew an jenem Tag auf dem Pferdehof.

Ergeben und voller Begeisterung sahen ihm die Pflüger ins Gesicht, bereit, jeden Befehl auszuführen. Als stünde der legendäre Recke Manas vor ihnen, graumähnig, furchtgebietend, ringpanzerbewehrt, und sie wären seine Mannen. Schwertumgürtet, Schilder in der Hand. Wer waren sie, diese ruhmreichen Helden, wessen Schultern vertraute Manas seine Hoffnungen und Pläne an?

Der erste war der edle Recke Sultanmurat. Nicht der älteste war er zwar, noch hatte er sein fünfzehntes Lebensjahr nicht vollendet. Doch für seinen Verstand und seine Kühnheit war er, der Sohn Bekbais, Sultanmurat, zum Kommandeur ernannt worden. Sein Vater aber, der beste aller Väter, befand sich zu jener Zeit auf einem fernen Feldzug, im großen Krieg. Das Streitroß Tschabdar hatte er ihm, Sultanmurat überlassen. Und einen kleinen Bruder hatte Sultanmurat – Adshymurat. Gar sehr liebte er den Bruder, auch wenn dieser ihm mitunter Verdruß bereitete. Außerdem liebte Sultanmurat insgeheim die schöne Myrsagül-bijke. Wohlgestalt war sie wie eine turkestanische Pappel, ihr Antlitz war weiß wie Schnee und die Augen glichen zwei Feuern auf einem Berg in finsterer Nacht.

Der zweite Recke war der edle Anatai-batyr. Der älteste war er in ihrer Abteilung, fast sechzehn Jahre alt. Er stand keinem auch nur im geringsten nach, allenfalls im Wuchs ein Quentchen. Dafür verfügte er über die größte Kraft. Sein Roß hieß, wie es sich für einen kühnen Jüngling, einen Batyr, ziemt, Oktor – rehbrauner Pfeil! Auch Anatais Vater war im großen Krieg, auf fernem Feldzug. Und auch Anatai liebte insgeheim jene anmutige, sterngesichtige Myrsagül-bijke. Unendlich sehnte er sich nach einem Kuß der Schönen.

Der dritte Recke war der holde Jüngling Erkinbek-batyr. Der Älteste in der Familie. Ein guter und treuer Freund. Kummervoll seufzte er bisweilen und weinte verstohlen. Sein Vater war als Held gefallen auf jenem fernen Feldzug, bei der Verteidigung Moskaus. Erkinbeks Streitroß hieß, wie es sich für einen Batyr ziemt, Akbaikpak-külük, das heißt: weißbestrumpfter Renner!
Der vierte hehre Mann war Ergesch-batyr, auch ein Freund und guter Kamerad. Fünfzehn Jahre alt. Immer sagte er frei heraus, was er dachte, scheute keinen Wortstreit. Zuverlässig war er in seiner Arbeit. Sein Vater war gleichfalls im großen Krieg, auf fernem Feldzug. Ergeschs Pferd hieß, wie es sich gehört für einen Batyr, Altyntujak – Goldhuf!
Unter diesen edlen Mannen war noch ein fünfter – Kubatkul-batyr! Ebenfalls fünfzehn Jahre, ebenfalls der älteste in der Familie. Kubatkuls Vater hatte auf jenem fernen Feldzug, in jenem großen Krieg, in den belorussischen Wäldern den Heldentod gefunden. Kubatkul war ein unermüdlicher Arbeiter. Und wie jeder Batyr liebte er heiß sein Streitroß Dshibekdshal – seidenmähniger Renner!
Solche Recken standen vor Tynalijew. Und hinter ihnen, hinter ihren schmächtigen Schultern, hinter ihren auf dünnen Hälsen sitzenden Köpfen standen angebunden an der Raufe ihre Gespanne – fünfmal vier Rosse, zwanzig Zugpferde, die vor Zweifurchenpflüge gespannt werden sollten auf dem Marsch ins ferne Aksai.

Nach Aksai, nach Aksai, das Feld umzubrechen, sobald der Schnee getaut war! Nach Aksai, nach Aksai, den Pflug zu führen, sowie die Erde wieder zu atmen begann!
Noch lag weit und breit tiefer Schnee. Die Tage aber rückten näher. Bald mußte es soweit sein.

5

Immer schneller ging es auf jene Tage zu.
Ob die Zugpferde für Aksai Luftlandepferde genannt wurden oder Aksaier Gäule – Tatsache blieb, daß sie bereits nach etwa zwei Wochen im Stall von allen anderen abstachen. Die satten, getränkten und geputzten Aksaier standen in einer Reihe entlang der Luftlandefutterkrippe, und jedermanns Auge weidete sich am Spiel ihrer sich kräftigenden Muskeln, an ihrem lebhaften Blick und den lauschend gespitzten Ohren. Ihr Pferdetemperament meldete sich wieder, jedes Tier gewann seine Eigenart zurück, seinen Charakter, vergessene Gewohnheiten. Mit ihren neuen Herren hatten sie sich bereits angefreundet. Leise, gleichsam flüsternd, zärtlich wieherten sie, wenn sie deren bekannte Stimmen und Schritte hörten, reckten ihnen die zutraulichen, seidigen Lippen entgegen. Auch die Jungen hatten sich an die Gäule gewöhnt, krochen ihnen mit herrischen Zurufen fast unter den Bauch. »Nimm mal das Bein weg! Rück beiseite! Halt, halt, du Dumm-

rian, kommst schon noch zurecht! Herrje, der drängt sich aber ran und schmeichelt, der Schlauberger! Aber Pustekuchen, du bist nicht allein hier!«

In den ersten Tagen trotteten die Pferde wie blind zur Tränke, später begannen sie zu spielen, besonders auf dem Rückweg vom Fluß. Die Jungen trieben sie alle zusammen dorthin, jeder saß auf seinem Streitroß. Sultanmurat auf Tschabdar, Anatai auf Oktor, Erkinbek auf Akbaikpak, Ergesch auf Altyn-tujak und Kubatkul auf Dshibekdshal. Sie kreisten die Herde ein und trieben sie zum Fluß.

Im Winter ist es wichtig, daß die Tränke bequem liegt und der Zugang zum Wasser nicht glitschig ist. Vor allem, wenn viele Pferde gleichzeitig trinken wollen. Deshalb muß man vorher den Eisrand zertrümmern, an gefährlichen Stellen Stroh ausbreiten. Und bei starkem Frost Löcher ins Eis schlagen. Auch hierbei hatte Sultanmurat streng geregelt, wer an welchem Tag an der Stelle war, die Tränke vorzubereiten.

Gemächlich, ohne zu drängen, tranken die Pferde unter der Aufsicht der Pflüger das klare, bitterkalte Flußwasser. Es sprudelte unterm Eis hervor über eine Steinbank, und zwischen Steinen verschwand es wieder unter Eis. Darunter aber gluckerte es, klirrte und klatschte.

Die Pferde schienen zu lauschen, sie hoben die Köpfe vom Wasser, wärmten sich in den kargen Sonnenstrahlen und tranken erneut. Hatten sie ihren Durst gestillt, traten sie bedächtig vom Ufer zurück, und auf dem Weg zum Stall begannen sie zu spielen: Sie schnaubten, bliesen die Nüstern auf, jagten mit wehendem Schweif vor und zurück, keilten aus und stellten sich auf die Hinterbeine. Die Jungen sprengten um sie herum, vollführten Reiterkunststückchen, lärmten.

Es dauerte nicht lange, da kamen die Leute eigens herbei, um sie zu bewundern. Als wären das gar nicht die einstigen Klepper, sondern neugeborene Fohlen. Die alten Männer versäumten keine Gelegenheit, darüber zu disputieren, daß es auf Erden kein feinfühligeres Lebewesen gebe als das Pferd, wenn es nur in arbeitsamen, ordentlichen Händen ist. Ein Quentchen Gutes dankt es einem hundertfach. Und sie erzählten erstaunliche Geschichten, was für Rosse es gab in alten Zeiten! Nur der Vorsitzende Tynalijew kargte mit Lob. Unnachsichtig, mit stechendem Blick musterte er die Pferde, vor allem aber die Jungen. Er überprüfte schlechthin alles – den Zustand der Pflüge, das Geschirr, bemängelte sogar ein durchgewetztes Hosenknie – hat die Mutter keine Zeit, greif selber zur Nadel, oder ist das zu schwer? Und wann endlich sind die Pferdedecken fertig? Nach Aksai könnt ihr keinen Stall mitnehmen, nachts wird es kalt sein in der Steppe. Er drängte, erinnerte daran, daß immer weniger Zeit blieb, daß es in Aksai zu spät war, nachzuholen, was sie jetzt versäumten. Mitunter schrie er sogar herum, schimpfte und rügte den Brigadier Tschekisch, wenn die Fuhrleute nicht beizeiten Kleeheu herangeschafft hatten, das eigens für die Zugtiere aufgespart worden war, und in erster Linie für die Aksaier.

Wenig Begeisterung zeigten auch die Mütter. Bald kam die eine, bald eine andere, und jede klagte: Nein, so eine Strafe, von wegen Luftlandetruppe, wo hat es so was schon gegeben; nicht genug, daß die Männer im Krieg sind, jetzt spielen auch noch die Söhne Soldaten – in der Wirtschaft hilft keiner mehr, keinem kann man sein Herz ausschütten, von früh bis spätnachts hocken sie im Pferdestall. Dies und noch viel mehr sagten sie – wer wollte es ihnen verdenken?
Sultanmurat kriegte am meisten ab, dafür war er der Kommandeur. Für alle mußte er geradestehen. Und den Müttern gegenüber war das am schwersten. Seine Mutter hatte schon resigniert, sie war müde geworden. »Hauptsache, der Vater kommt zurück aus dem Krieg, soll er dann urteilen. Mir reicht's. Du wirst es noch bereuen, Söhnchen, wenn ich mal die Beine ausstreck, aber dann ist's zu spät.«
Leid tat Sultanmurat die Mutter, unendlich leid, aber was konnte er tun oder ein anderer an seiner Statt? Jeder von der Truppe mußte vier Pferde betreuen, da gab es eine Menge Arbeit. Füttern, tränken, putzen, Futter heranschaffen und wieder füttern, tränken, putzen, ausmisten und noch einmal alles von vorn. Und wie beschwerlich war es, alten Grind zu heilen, wund geriebene Stellen an Schultern und Widerrist. Der Veterinärfeldscher vom Bezirk hatte ihnen allerlei Mixturen und Salben dagelassen, behandeln mußten sie die Pferde selber. Tagtäglich. Sonst half es nicht. Auffüttern – gut und schön, aber auf eine Wunde legt man kein Kummet. So sieht's aus. Kein einziges Pferd war

gesund, alle hatten offene Stellen an den Schultern und zerschundene Beine. Überdies begreift so ein Gaul nicht, daß man ihm helfen will, versuch einer nur, ihn festzuhalten.

Als die Pferde wieder zu Kräften gekommen waren, brauchten sie Auslauf. Jedes Pferd muß täglich etwa anderthalb Stunden bewegt werden, andernfalls, so sagte der Brigadier Tschekisch, läuft ihm beim Pflügen der Schweiß dermaßen herab, daß von ihm nichts übrigbleibt als ein nasser Fleck. Hier nun geschah etwas sehr Unangenehmes ...

Eines Tages ritten sie hinaus, damit die Pferde sich warm laufen konnten, Sultanmurat auf Tschabdar, Anatai auf Oktor, Erkinbek auf Akbaipak, Ergesch auf Altyn-tujak, Kubatkul auf Dshibekdshal. Zuerst im Trab, wie es sich gehört. Um den Stall herum, dann die Straße entlang, hinaus aus dem Dorf und querfeldein, über den Schnee. Es war ein sonniger, funkelnder Tag, die Luft flimmerte im Frühlingslicht. Die Berge droben schneeweiß und so ruhig und klar, daß man auf dem Hang dort selbst eine Fliege gehört und gesehen hätte. Der Winter hatte sich zurückgezogen, die Sonne wärmte bereits.

Die Pferde liefen nach Herzenslust. Auch sie brannten darauf, sich zu bewegen, zu tummeln. Die Jungen lokkerten die Zügel – schneller, immer schneller! Wie sehr gelüstete es sie, im Galopp dahinzujagen! An der Spitze – Sultanmurat. Und von hinten stachelte Anatai: »Na los! Warum so langsam?«

Sultanmurat, der Kommandeur, gestattete jedoch kein

zu großes Tempo. Auslauf ist kein Pferderennen. Das ist Arbeit, Training der Gäule, damit ihnen später im Gespann das Ziehen leichter fällt. So ritt die ganze Truppe. Schon wollten sie auf freiem Feld wenden und zurückreiten, da vernahmen sie vom Hügel Stimmen. Die Kinder kamen aus der Schule. Hatten die Truppe entdeckt, schrien und winkten. Die Jungen schrien und winkten zurück. Ihre Klasse, die siebente, kam vom Unterricht, mit noch anderen Schülern. Eine lärmende Schar. Und Sultanmurat fand sie heraus, Myrsagül, er hatte sie sofort erkannt. Woran, wußte er selber nicht, doch sie war es. Am vorüberhuschenden Gesicht, das in ein Tuch gemummt war, hatte er sie wohl ausgemacht, an der Figur, am Gang, an der Stimme. Und sie hatte ihn sicher auch erkannt. Sie kam mit den andern den Hügel heruntergerannt, schrie und schwenkte ihre Tasche. Ihm war es, als riefe sie: »Sultanmuraaat!« Schlagartig prägte sich dieses Bild seinem Gedächtnis ein – wie sie ihm entgegenstrebte –, und mit einemmal begriff er, daß er immerfort an sie gedacht, nach ihr sich gesehnt hatte, all die Tage. Eine Woge der Freude ergriff ihn, trug ihn mit sich fort, weiter, immer weiter, riß ihn in einen Wirbel. Unwillkürlich fielen sie alle in Galopp, sprengten auf den Hügel zu, den die Klassenkameraden herabkamen. Pfeilgeschwind ließen sie das Feld hinter sich und erreichten den Hang. Sie hätten längs des Hügels, an dessen Fuß, entlangjagen können, eine an entzückten Blicken vorbeidefilierende Kavalkade, und dann weiterreiten zum Stall. Das hatte Sultanmurat auch

vor. Da preschte Anatai nach vorn. Sein Oktor war ein schnellfüßiges Pferd.
»Halt, wohin? Zurück!« warnte ihn Sultanmurat, doch Anatai blickte sich nicht einmal um.
Ein seltsamer Gedanke durchzuckte Sultanmurat. Er will, daß sie ihn sieht! Wut packte ihn, er bezwang sich nicht länger, überließ sich der aufwogenden Leidenschaft, trieb Tschabdar an mit Zurufen und Schreien; und schon verkürzte er, über die Mähne gebeugt, seinen Abstand zu Anatai. Der peitschte wie wild auf sein Pferd ein. Und los ging die Verfolgungsjagd – wer ist als erster bei ihr, wer beweist seine Kühnheit und Überlegenheit? Wie von Sinnen jagten sie dahin. Und doch war Tschabdar der Stärkere, nicht zu Unrecht hatte der Vater gesagt, in ihm stecke ein großer Renner. Sultanmurat triumphierte, als er Anatai einholte wie ein Wirbelwind. Aus den Augenwinkeln sah er, wie die Schar seiner Klassengefährten im Lauf innehielt, um den jäh entbrannten Wettkampf zu verfolgen, und dazwischen sie, der vor allem seine Blicke galten. Ihretwegen hatte er sich auf diesen Zweikampf eingelassen. Und gewonnen! Während er Anatai einholte, hielt er sich etwas hangwärts, um ihr näher zu sein, und wie gut war es, welch ein Segen, daß er Tschabdar nach oben lenkte – wer weiß, wie sonst alles ausgegangen wäre. Im nächsten Augenblick, als er, Seite an Seite mit Anatai, an diesem vorbeiging und eine halbe Pferdelänge Vorsprung gewann, geschah ein Unglück. Ein vielstimmiger Aufschrei ertönte. Sultanmurat zog die Zügel an und sah sich um. Anatai

war nicht mehr hinter ihm. Mit Mühe parierte er das Pferd, wendete sich und sah, daß Anatais Oktor gestürzt und die Böschung hinuntergerollt war, im Schnee eine breite, aufgerissene Spur nach sich ziehend, Anatai selbst aber war beiseite geflogen. Die Kinder eilten zu ihm, während er sich mühselig aus dem Schnee hochrappelte.

Sultanmurat erschrak. Und das noch mehr, als er heran war und Anatais Hände blutig sah. Für eine Sekunde begegnete er Myrsagüls Blick. Bleich war sie und verwirrt, und doch die Allerschönste. Anatai, der sich wieder gefangen hatte, lief zu seinem Pferd, das weiter unten in einer Schneewehe zappelte. Es hatte sich in den Zügeln verheddert. Inzwischen waren auch die übrigen Jungen zur Stelle. Gemeinsam halfen sie dem Gaul auf die Beine. Jetzt erst drangen wieder Stimmen an Sultanmurats Ohr, und er begriff: Das war wohl noch mal gutgegangen.

So kläglich endete der Versuch der Helden, sich vor dem Mädchen Myrsagül aufzuspielen. Nun schämten sie sich, ihr in die Augen zu sehen. Schweigend saßen sie auf – es war ohnehin Zeit, zum Stall zurückzureiten. Erst als sie sich schon dem Ail näherten, bemerkte Ergesch, daß Oktor unter Anatai hinkte.

»Halt!« rief er. »Merkst du denn nicht, daß dein Pferd lahmt?«

»Es lahmt?« fragte Anatai bestürzt.

»Aber ja! Und wie!«

»Reit mal voraus!« befahl Sultanmurat. »Reit, wir sehen es uns an.«

In der Tat, Oktor hinkte stark auf der rechten Vorderhand. Sie tasteten sie ab und sahen: Das Fesselgelenk schwoll bereits an. So ein Unglück! Was tun? So lange hatten sie das Pferd fürs Pflügen vorbereitet, und jetzt? Welche Dummheit, ein Wettrennen zu veranstalten auf dem verschneiten Hang, da kann ein Pferd doch auf jedem Schritt ausrutschen und sich überschlagen! Genau, wie es passiert war. Noch gut, daß sie sich dabei nicht selber den Hals gebrochen hatten.
»Du bist schuld!« schrie auf einmal Anatai, puterrot vor Wut. »Du bist um die Wette geritten!«
»Hab ich dir nicht zugerufen: ›Halt, wohin?‹«
»Immer noch kein Grund zum Überholen!«
»Und warum bist du so losgeprescht?«
Geschrei und Zank. Fast wären sie handgreiflich geworden. Aber sie besannen sich rechtzeitig. In den Stall kamen sie von ihrem Ausflug mit einem lahmenden Pferd. Bedrückt und schweigsam. Ohne Lärm zu machen, führten sie die Tiere an ihre Plätze, banden auch den hinkenden Oktor an der Krippe fest, wie es aber weitergehen sollte, wußte keiner. Sie waren ganz kopflos, wären am liebsten in ein Mauseloch gekrochen. Ihnen war klar, daß sie sich verantworten mußten. Die Jungen rieten Anatai: »Geh und sag den Pferdewärtern, was passiert ist, sag ihnen, Oktor lahmt, was sollen wir tun?«
Er aber sträubte sich mit Händen und Füßen. »Warum ich? Meine Schuld ist es nicht. Wir haben einen Kommandeur. Soll er es melden.«
Wieder entbrannte ein Streit, wieder kam es fast zu ei-

nem Handgemenge. Am meisten empörte sich Sultanmurat, daß Anatai sich für den reinsten Unschuldsengel hielt.

»Ein Weib bist du!« beschimpfte er ihn. »Ein Maulheld! Beim ersten Mißgeschick schlägst du dich in die Büsche! Denkst du vielleicht, ich hab Angst? Nach dem, was uns passiert ist, geh ich selbst hin und melde es.«

»Nur zu! Dafür bist du der Kommandeur!« Anatai ließ nicht locker.

Sultanmurat faßte sich ein Herz und erzählte einem Pferdewärter, was geschehen war. Der erschrak, kam angelaufen und besah das verletzte Pferd. Er schlug großen Krach. Ist ja kein Kinderspiel, ein Zugpferd kurz vor dem Pflügen zu verlieren. Da platzte auch noch der Brigadier Tschekisch herein. Er wußte schon von der Neuigkeit, jemand hatte es ihm gesteckt. Der Pferdewärter untersuchte gerade Oktors Fuß, um festzustellen, woher die Schwellung kam, von einer Zerrung oder einem Knochenriß. Plötzlich erklang Hufgetrappel. Alle drehten sich um – der Brigadier Tschekisch hoch zu Roß. Schweigend saß er ab, kam drohend und wutschnaubend auf sie zu.

»Was ist hier los?«

»Wir überlegen gerade, Aksakal, ob es eine Zerrung ist oder ein Riß.«

»Was heißt überlegen!« tobte Tschekisch, knallrot vor Zorn. »Ich bring sie allesamt vors Tribunal! Erschieß sie auf der Stelle!«

Peitschefuchtelnd stürzte er sich auf die Pflüger. Die

Jungen stoben auseinander. Tschekisch hinter ihnen drein. Einholen konnte der alte Mann keinen, er kam nur so außer Atem, daß er blau anlief; er kochte vor Grimm und schrie, mit der Knute drohend: »Wem haben wir die Zugpferde anvertraut! Saboteure sind das! Erschießen muß man sie, allesamt! Wieviel Arbeit, wieviel Futter haben sie verplempert! Womit sollen wir jetzt pflügen?«

Solcherart über den ganzen Hof schimpfend, stieß er auf Sultanmurat. Als die anderen Jungen davonliefen, war er stehengeblieben. Bleich und erschrocken starrte er den Brigadier an, doch der Verantwortung wollte er sich nicht entziehen.

»Aaah, du! Traust dich noch, mich anzusehen!« Der alte Tschekisch konnte sich nicht beherrschen, er hieb dem Kommandeur die Peitsche über die Schulter. Als er das zweitemal ausholte, besann er sich aber und krächzte, furchteinflößend mit den Füßen trampelnd: »Hau ab, du Hundesohn! Lauf fort! Ich prügle dich zu Tode!« Sultanmurat stand zurückgebeugt, die Arme unwillkürlich vors Gesicht geschlagen, und wandte den erschrockenen Blick nicht vom Brigadier. Er wartete, daß ein sengender Schlag der Reitpeitsche seinen Rücken traf. Und nahm alle Kraft zusammen, um nicht wegzulaufen, sondern fest zu bleiben, standzuhalten.

»Na, schön!« sagte Tschekisch auf einmal, verwundert über die Zähigkeit des Burschen. »Den Rest kriegst du, wenn dein Vater aus dem Krieg kommt. Vor seinen Augen sollst du mir dafür büßen!«

Sultanmurat schwieg. Tschekisch aber konnte sich immer noch nicht beruhigen. Er stampfte vor und zurück, fuchtelte mit den Armen.

»Da sagt man ihm – lauf!, aber nein, er denkt nicht daran! Ja, hätt ich dich denn eingeholt? Kein Gedanke! Wärst du doch wenigstens aus Respekt vor mir weggerannt, das hätte mich erleichtert! Aber zuschlagen – da hast du schon kaum was an, bestehst nur aus Haut und Knochen, wie soll man da mit der Peitsche ... Gäb's doch was zu verdreschen! Na schön ... Verzeih mir altem Knacker! Kommt dein Vater zurück, dann verprügelt meinethalben ihr mich. Und jetzt zeig mal, was ihr da angerichtet habt!«

Das also hatte ihnen jener Tag gebracht. Sultanmurat bekam sein Teil ab. Verdientermaßen. Wie sollte der Brigadier bei dieser Bescherung nicht zur Peitsche greifen! Wieviel Arbeit, wieviel Mühe waren vergebens – wozu taugt schon ein lahmes Roß? Allenfalls zum Schlachten. Aber wer erhebt die Hand gegen ein Arbeitspferd? Nur eine Hoffnung blieb: Tschekisch und andere, die sich darin auskannten, meinten, die Verletzung sei nicht gefährlich. Oktor mußte zu einem alten Mann gebracht werden, auf dessen Hof. Der verstand sich aufs Pferdekurieren. Sie fuhren Klee und Hafer hin, wechselten sich ab in der täglichen Aufsicht. Und sie kamen noch einmal glimpflich davon – nach fünf Tagen führten sie Oktor wieder in den Stall, er war auf dem Weg der Besserung.

Überhaupt war das eine schwere Woche. Zu Haus erkrankte die Mutter. Zunächst fühlte sie sich schlecht, dann legte sie sich mit hohem Fieber ins Bett. Sultanmurat mußte zu Hause bleiben, die Mutter und die jüngeren Geschwister versorgen. Erst jetzt fiel ihm auf, welche Armut bei ihnen eingezogen war. Als der Vater einrückte, hatten sie ein Dutzend Schafe besessen – keins war mehr übrig: Zwei hatten sie geschlachtet, um Fleisch zu haben, die andern verkauft, um Geld für die Anleihe, die Kriegssteuer und andere Zahlungen aufzubringen. Gut, daß noch die Kuh im Stall stand, ihr Euter war schon prall, bald würde sie kalben, und dann stakte noch Adshymurats Esel Schwarzmähne hinterm Haus herum. Das war ihr ganzes lebendes Inventar. Und nicht einmal dafür besaßen sie Futter. Auf dem Scheunendach lagerte noch gebündeltes trockenes Maisstroh. Sultanmurat zählte die Bündel und rechnete aus, daß sie für die Kuh gerade so reichten, bis sie gekalbt hatte, falls sich der Winter nicht zu sehr hinzog; dauerte er freilich an, war alles ungewiß. Der Esel mußte sich in jedem Fall selber versorgen. Er fraß die Disteln und das Steppengras rings um den Hof. Am schlimmsten stand es mit der Feuerung – der Tesek ging zur Neige, und Kuurai-Reisig hatten sie nur noch für ein paar Tage. Und was dann? Sogar der Hund Aktösch hielt sich kaum noch auf den Beinen. Sultanmurat verzagte. Und schämte sich. Tag und Nacht nur beschäftigt auf dem Pferdehof, hatte er nicht bemerkt, wie die Wirtschaft zu Hause verwahrloste. Hatte es denn so beim Vater ausgesehen? Der hatte stets dafür gesorgt, daß das Heu für Winter und Frühjahr reichte. Auch für Feuerung im Überfluß. Überhaupt war das Leben anders gewesen mit dem Vater – sorgenfrei, geordnet, schön. Nicht nur daheim, überall, vielleicht auf der ganzen Welt. Zum Beispiel sah jetzt auch ihr Hof anders aus. Etwas fehlte darin, wie im Herbst die bunten Blätter an den Bäumen. Der Ail stand noch, Straßen und Häuser waren die gleichen, und doch nicht so wie zu Vaters Zeiten. Selbst die Räder der Wagen, die hinterm Hof vorbeirollten, polterten längst nicht so lustig wie damals, als der Vater dort entlangkutschiert war, mit denselben Fuhrwerken.

Leute, die in Dshambul gewesen waren, erzählten, in der Stadt herrschten eine solche Teuerung, solcher Hunger und solche Unruhe, daß es einen schleunigst wieder nach Hause zöge. Also war auch die Stadt nicht mehr so wie damals, als er sie mit dem Vater erlebt hatte.

Warum nur? Demnach brauchte nur der Vater weg zu sein, und schon wurde alles schlechter. Wo war er jetzt, wie erging es ihm? Den letzten Brief hatten sie vor anderthalb Monaten bekommen. »Die Postbeförderung stockt«, beruhigte die Mutter Sultanmurat. Und seufzte. Stimmt, ein Brief kann unterwegs steckenbleiben, besonders ein Brief von der Front. Oder sie haben da jetzt andre Sorgen, als zu schreiben. Sicher, dennoch war es ein Unterschied, ob ein Brief vom Tschu-Kanal lange brauchte oder einer von der Front. So grübelten sie, die Mutter und sie alle. Vorgestern im Morgengrauen hatte der Hund gekläfft, daß seine Stimme überschnappte, dann verstummte er plötzlich, begann freudig zu winseln, und es klopfte ans Fenster, die Mutter fuhr zusammen und sprang trotz ihrer Krankheit aus dem Bett. Auch Sultanmurat stürzte zum Fenster. Jemand stand am Haus. Die Mutter erkannte ihn zuerst.

»Euer Onkel ist gekommen«, sagte sie zum Sohn. »Geh, begrüß ihn.« Sie selber aber wankte zähneklappernd vor Schüttelfrost, wieder ins Bett.

Mutters Bruder wohnte in den Bergen, er arbeitete sein Leben lang als Schafhirt im Nachbarkolchos. Eines Tages hatte auch er die Einberufung erhalten, trotz seines vorgerückten Alters, aber aus Dshambul schickte man ihn und einige andere Hirten wieder nach Hause. Die Schafherden wären ohne Aufsicht geblieben, und sie konnten die Tiere doch nicht sich selbst überlassen. Gut, daß es den Onkel gab, der kam doch ab und an zu Besuch. So auch diesmal. Auf die Nachricht hin, daß seine Schwester krank sei, war er nachts, während die Herde im Pferch blieb, von den Bergen herabgeritten. Er wollte sich nur vergewissern, wie es um sie stand, und möglichst rasch wieder an seinen Platz zurückkehren.

Windgegerbt, bereift, in einem schwarzen Pelz und einer großen Ohrenklappenmütze aus Fuchsfell, die Stiefel mit Filzschäften bis über die Knie, so stapfte er herein, groß und stämmig, nach Kälte riechend und nach Schafen. Alsbald wurde es im Haus gemütlich und laut. Er warf den Pelz ab, setzte sich zur Schwester ans Bett, nahm ihre heiße Hand in seine schweren Pranken und fühlte ihr schweigend den Puls. Lange und aufmerksam lauschte er, ihr zartes Handgelenk in seinen harten, steifen, dunkelbraunen Fingern. Irgend etwas war ihm klar, hatte er begriffen. Er hüstelte, überlegte eine Weile, strich sich dann den Bart und sagte mit bestätigendem Lächeln zu Sultanmurat: »Es ist nichts Schlimmes. Nur eine tüchtige Erkältung. Zuviel Frost hat sie abgekriegt. Ich hab für alle Fälle Fleisch und Schwanzfett mitgebracht. Trink heiße Fleischsuppe mit Fett, Pfeffer und Zwiebel, damit du gehörig schwitzt«, empfahl er der Schwester. »Und du, Sultanmurat, nimm die Tasche vom Sattel und bring ins Haus, was drin ist, mach sie leer. Lange bleiben kann ich nicht, muß wieder zu den Schafen.«

Während die Mutter und der Onkel über dies und das sprachen, machte Sultanmurat Feuer und kochte Tee. Nun wachten auch die Kleinen auf. Kaum bekleidet, wie sie waren, stürzten sie aus ihren Betten zum Onkel. Er hüllte sie in den Pelz neben sich, sie aber kletterten auf seine Knie, hängten sich ihm an den Hals. Besonders Adshymurat, Onkels Liebling, wurde wieder ganz zum Kind. Wie ein Kälbchen schmiegte er sich an ihn, dabei ging er schon in die dritte Klasse. Er stülpte sich die Ohrenklappenmütze aus Fuchsfell über, griff nach Onkels Peitsche und kletterte ihm auf die Schulter, als schwänge er sich auf ein Roß.

»Schämst du dich nicht! Komm runter!« Zweimal zerrte Sultanmurat ihn aus diesem Sattel, aber der Onkel nahm Adshymurat in Schutz.

»Was verjagst du ihn? Laß ihm doch den Spaß!« Das wurde ein fröhlicher, lärmender Morgen. Für Adshymurat war es schon höchste Zeit, zur Schule zu gehen, aber er machte keine Anstalten. Die Mutter mußte ihn anschreien, doch auch das half nicht, unentwegt scharwenzelte er um den Onkel. Endlich drängte auch der den Neffen zur Eile. Mit Mühe gelang es, ihn zum Anziehen zu bewegen. Zuletzt nahm Sultanmurat ihn an der Hand und beförderte ihn vor die Tür. Der Bengel sträubte sich, begann draußen zu brüllen. Laut heulend zog er dann ab zur Schule. Er konnte einem doch leid tun.

Der Onkel sah Sultanmurat vorwurfsvoll an. »Hast du ihn etwa . . .«, fragte er ärgerlich.

»Nein, Onkel, ich hab ihm nichts getan.«

»Warum weint er dann so?«

»Er hat ihn bestimmt nicht angerührt«, verteidigte auch die Muttert Sultanmurat und hob den Kopf vom Kissen. »Nein, der Junge sehnt sich nach dem Vater. Deshalb hängen die Kinder so an dir. Wir sind schon ganz zermürbt. Warten, nichts als warten. Käme doch wenigstens ein Lebenszeichen! Zwei Monate fast haben wir keine Nachricht.«

Der Onkel beruhigte die Mutter, bat sie, nicht zu weinen und ihre Kräfte für die Kinder zu schonen, führte verschiedene Fälle an, wo man einen Menschen schon für tot gehalten hatte, und ein halbes Jahr darauf kam doch ein Brief. »Es ist eben Krieg«, sagte er. »Krieg . . .«

Angesichts der kranken Mutter empfand Sultanmurat besonders bitter, wie öde das Leben geworden war ohne Vater. Wäre er kleiner gewesen, so wie Adshymurat, hätte er lauthals geweint, wäre weinend losge-

laufen, ziellos. Gäbe es doch nur einen Schimmer von Hoffnung! Wenn auch der Vater nicht sofort käme, wissen wollte er, daß er am Leben war, dann könnte er aufatmen, harren, sich zusammennehmen. Wie gut verstand er jetzt seine Lehrerin Inkamal-apai!
Eines Tages war sie in den Stall gekommen und hatte gewartet, ob nicht ein Wagen angespannt wurde in den Kreis. Gealtert, einsam, die Augen vergrämt, so stand sie in ihrem grobgestrickten Schal an dem schiefen Tor. Tags darauf aber, als sie zurückkam, war sie nicht wiederzuerkennen – als hätte sie sich verjüngt. Richtiger gesagt, sie war wieder so wie früher. Selbst die Fältchen im Gesicht hatten sich geglättet. Freundlich erkundigte sie sich nach der Arbeit ihrer Schüler. Sultanmurat führte sie über den Hof, zeigte ihr die Pferde der Luftlandetruppe: »Da, Inkamal-apai, unsere Gespanne. Stehen alle an dieser Raufe!«
»Schöne Tiere – man sieht gleich die gute Pflege«, lobte Inkamal-apai.
»Ach, wenn Sie die vorher gesehen hätten!« berichtete Sultanmurat. »Elende Klepper. Voller Grind. Der Widerrist wund, vereitert, die Beine zerschunden. Wir erkennen sie selber kaum wieder. Der da, Inkamal-apai, ist mein Tschabdar. Sehen Sie nur! Das Pferd vom Vater! Und der hier ist Akbakai, und der Dsheltaman.«
Dann zeigte er der Lehrerin in der Sattlerei die Pferdegeschirre für die Gespanne. Sie waren auch schon fast fertig. Auch die Pflüge sahen sie sich an. Alles war in Ordnung, sie hätten sofort anspannen können und – raus auf den Acker.

Inkamal-apai war äußerst zufrieden. Beim Abschied gestand sie sogar, sie habe sich sehr gehärmt und sei im Grunde ihres Herzens dagegen gewesen, daß man die Jungs aus der Schule weggeholt habe, nun aber sehe sie, daß dieses Opfer nicht umsonst war. »Hauptsache, die Menschen kommen möglichst bald aus dem Krieg zurück, dann holen wir das Versäumte nach, bestimmt . . .«

Wie sich herausstellte, war die Lehrerin Inkamal-apai bei einer berühmten Wahrsagerin gewesen, die für gute Kunde nichts nahm, keine Kopeke, denn sie freute sich über fremdes Glück wie über eigenes. Da konnte sie doch nicht lügen. Diese Wahrsagerin verhieß Inkamal-apai, nachdem sie dreimal die Karten ausgelegt hatte, ihr Sohn sei am Leben. Nicht in Gefangenschaft und nicht verwundet. Er habe nur so einen Auftrag, wo er keine Briefe schreiben dürfe. Sobald er die Erlaubnis erhalte – dessen dürfe sie gewiß sein –, würde ein Brief nach dem andern eintreffen. Was immer davon stimmte und was nicht, jedenfalls erzählte das im Pferdestall der Kutscher, der die Leute in die Kreisstadt gefahren hatte.

Damals wunderte sich Sultanmurat, daß ausgerechnet Inkamal-apai eine Kartenlegerin befragt hatte, jetzt verstand er ihre Ängste und Leiden und beschloß sogar, der Mutter gut zuzureden, sie solle zu eben dieser Frau fahren, sowie es ihr wieder besser ging, um von Vaters Schicksal zu hören.

Ja, schwer und schrecklick lastete all das auf seinem Sinn. Aber es gab auch schöne, freudige Gedanken, sie kamen wie von selbst – gleich den Wasserstrahlen, die einem lautlos sprudelnden Quell entspringen. Gedanken an sie, Myrsagül. Er rief sie nicht eigens herbei, sie sprossen wie das Gras aus der Erde, und gerade deshalb waren sie so frisch und beseligend, mochte er sie nicht missen. Ständig wollte er sie im Sinn haben – Myrsagül. Wenn er aber an sie dachte, wollte er etwas tun, aktiv sein und nichts fürchten, kein Unglück, keine Schwierigkeiten. Und vor allem wünschte er, sie möge erfahren, wie und was er von ihr dachte.

Er wußte noch nicht recht, wie man all das nannte, was mit ihm geschah. Verschwommen ahnte er, es war Liebe, von der er aus Erzählungen anderer gehört und in Büchern gelesen hatte. Oft genug hatten ihn Dshigiten, die an die Front gingen, gebeten, einem Mädchen oder einer jungen Frau einen verschlossenen Brief zu überbringen. Voller Stolz erfüllte er diese vertraulichen Aufträge. Und nie verlor er darüber auch nur ein Wort. Schwatzt denn ein Mann über dergleichen! Einmal hatte ihn sogar ein entfernter Verwandter gebeten, für ihn einen Brief zu schreiben. Dshamankul war jung, doch nicht sehr schriftkundig, hatte in den Bergen mit den Schafherden nomadisiert und deshalb als Kind nicht die Schule besucht. Und nun wurde er einberufen. Sicher wollte sich der Bursche von dem geliebten Mädchen verabschieden und ihr, wenigstens auf dem Papier, seine Gefühle offenbaren, denn im Ail war es nicht Brauch, sich vor der Hochzeit mit einem Mädchen zu treffen. Also erbat sich der schriftunkundige Dshamankul Beistand vom Sohn seiner Verwandten. Dshamankul diktierte, und Sultanmurat brachte seine Worte zu Papier. Damals lächelte Sultanmurat über dieses Unterfangen, darüber, mit welchem Herzklopfen, mit welcher Erregung Dshamankul nach den richtigen Ausdrücken suchte und wie seine Kehle austrocknete, ehe sie den Brief fertig hatten. Zuvor hatte Sultanmurat sich eine Weile gesträubt, sich gut zureden lassen, ein Messer mit Widderhorngriff als Geschenk angenommen, ohne zu ahnen, daß kein Jahr ins Land gehen sollte und ihm selbst widerfahren würde, was den armen Dshamankul derart mitnahm.

Dshamankul in seiner Bergeinsamkeit hatte auch die Verse verfaßt, die Sultanmurat nun wieder einfielen und nicht aus dem Sinn wollten:

Aksai, Köksai, Saryssai hab ich längst durchstreift,
doch nirgends ich eine fand, die dir gleicht . . .

Plötzlich kam ihm die Erleuchtung: Ich schreibe ihr auch einen Brief! Da er nun einen Weg gefunden, sich ihr ohne Scheu und Scham aus der Ferne mitzuteilen, erwachte in ihm der Wunsch, unverzüglich etwas zu tun, ein gutes Werk zu vollbringen, damit sich andere genauso freuten wie er und genauso glücklich waren. Vor allem mußte er der Mutter helfen, damit sie schneller genas und weniger um den Vater bangte, damit sie wieder auf der Viehfarm arbeiten konnte und es zu Hause warm und behaglich würde, damit sie ahnte, daß ihr Sohn jemanden liebte und sich daher alles zum Besseren wandelte.

In den zwei, drei Tagen, die Sultanmurat zu Hause war, schaffte er so viel wie sonst in einem ganzen Jahr nicht – alles, was in Haus und Hof zu reparieren war, zu säubern und aufzuräumen. Und andauernd kam er zur Mutter gelaufen: »Wie fühlst du dich? Brauchst du nichts?«
Die Mutter lächelte bitter. »Jetzt fürchte ich nicht mal den Tod. Keine Sorge, wenn ich was will, sag ich's . . .«
Den Brief aber schrieb er nachts, als alle schon schliefen. Das Herz schlug ihm bis zum Hals, obwohl niemand ihn überraschen konnte. Zuerst grübelte er, womit beginnen. Wie er es auch versuchte, nichts befriedigte ihn. Seine Gedanken liefen auseinander wie Kreise von kunterbunt ins Wasser geworfenen Steinen. Gern hätte er ihr alles gesagt, was ihn bewegte, aber sowie er zur Feder griff, fehlten ihm die Worte. Zuallererst wollte er ihr, Myrsagül, kundtun, wie schön sie sei: das schönste Mädchen im Ail, nicht nur im Ail, auf der ganzen Welt. Ihr erzählen, daß es für ihn kein größeres Glück gebe, als in der Klasse zu sitzen und unentwegt sie anzublicken, sich an ihrer Schönheit zu freuen. Nun aber habe es sich so gefügt, daß er und seine ganze Truppe nicht mehr die Schule besuchten und keiner wisse, wann sie wieder zum Unterricht kämen. Nur selten sehe er sie jetzt, und darunter leide er schwer, bitterschwer, seine Sehnsucht nach ihr sei unbeschreiblich. Daß er mitunter vor Trennungsschmerz weinen könnte, wollte er ihr nicht eingestehen – ein Mann bleibt ein Mann. Und doch würgten ihn die Tränen. Er mußte ihr in dem Brief aus-

einandersetzen, daß er sich in den Pausen nicht grundlos und zufällig an sie herangedrängt hatte wie ein Flegel und sie ihm unnütz ausgewichen sei. Er habe nichts Schlechtes im Sinn gehabt. Auch den Vorfall mit dem Wettrennen hätte er ihr gern erklärt, als der Frechling Anatai eine Schau abziehen wollte, als sei er der Kühnste, der Stärkste und überhaupt der Anführer der Truppe. Aber da hatte er sich verrechnet – sie sah es ja. Schade nur, daß Anatais Pferd, Oktor, dabei zu Schaden gekommen war. Vor allem konnte Sultanmurat nicht erwarten, sie wissen zu lassen, wie er sie inmitten ihrer Klassenkameradinnen auf dem Hügel erkannte und daß er sie lange schon von Herzen liebe; und wie schön sie gewesen, als sie mit ausgebreiteten Armen den Hang hinabrannte und etwas rief. Sie stürzte ihm entgegen wie Musik, wie ein Wasserfall, wie eine Flamme ...

Zweimal mußte er die Lampe auf dem Fensterbrett richten. Der Docht war niedergebrannt, nur gut, daß die Mutter im andern Zimmer lag und nicht merkte, wie das letzte Petroleum draufging. Vom Brief hatte er trotzdem noch keine Zeile zustande gebracht – nicht etwa, weil er nichts zu sagen wußte, sondern weil er gern alles zugleich gesagt hätte.

Längst waren die Lichter erloschen in den Fenstern des Ails, längst hatten die Hunde aufgehört anzuschlagen, längst schlummerte alles in jener finsteren Februarnacht am Fuß des verschneiten Manas-Gebirges. Gähnendes Dunkel hüllte das Haus ein. In der ganzen Welt, so schien es Sultanmurat, waren sie allein zu-

rückgeblieben – die Nacht und er mit seinen Gedanken an Myrsagül. Endlich raffte er sich auf. Malte über seinen Brief *Aschyktyk kat* – Liebesbrief – und schrieb, daß er für die im Ail lebende M. bestimmt sei, deren Schönheit das Licht der Lampe im Haus überstrahle. Und daß sich auf dem Basar Tausende von Menschen begegneten, doch nur die reichten einander die Hand, die sich begrüßen wollten.
Das – so erinnerte er sich – hatte bereits in Dshamankuls Brief gestanden. Er versicherte, daß er ihr sein Leben weihen wolle bis zum letzten Atemzug und so weiter. Am Schluß zitierte er Dshamankuls Verse:

Aksai, Köksai, Saryssai hab ich längst durchstreift,
doch nirgends ich eine fand, die dir gleicht . . .

6

Anderntags, als Adshymurat aus der Schule kam, ging Sultanmurat mit dem Bruder Feuerung holen. Sie sattelten Adshymurats Esel, Schwarzmähne, befestigten Schnüre fürs Bündeln, Sicheln und Fausthandschuhe am Sattel, riefen den Hund Aktösch. Freudig kam er angesprungen. Mit dem Recht des Jüngeren bestieg Adshymurat seinen Esel, der Ältere aber lief nebenher und trieb das Langohr an. Brachte man es nicht in Trab, ließ es sich Zeit. Sie aber mußten weit weg. Sultanmurat kannte einen Fleck, wo es viel Dürrholz gab.

Abseits lag dieser Ort, in einer Schlucht. Im Frühling und im Sommer strömte dorthin viel Schmelz- oder Regenwasser. Dann dröhnte die Schlucht von wirbelnden Fluten und Donnerschlägen; ging es aber auf den Herbst zu, schoß da mannshohes, hartstengliges Gestrüpp hoch, das sie Kuurai nannten. Selten nur verirrte sich jemand dorthin. Dafür kam man nicht mit leeren Händen zurück.

In Ailnähe war alles Kuuraireisig längst aufgesammelt. Also mußten sie in die Schlucht. Sultanmurat hatte der Mutter versprochen, Feuerung heranzuschaffen, ehe er nach Aksai ritt.

Den ersten Teil des Weges blieb Sultanmurat in seine Gedanken versunken und reagierte nicht übermäßig auf das Geplauder seines redseligen Bruders. Er hatte genügend Stoff zum Grübeln. Bald würden sie nach Aksai ausrücken. Die Tage bis dahin waren gezählt. Vor einer Reise stellt sich immer heraus, was alles noch zu tun ist. Besonders an Kleinigkeiten. Dort, in Aksai, fände sich nicht mal ein Nagel, sollten sie ihn plötzlich brauchen. Nur gut, daß der Vorsitzende Tynalijew kurz hereingeschaut hatte bei ihnen zu Haus. Er fragte, wie's um die Gesundheit der Mutter stand, was er, Sultanmurat, machte, und brachte selber Neuigkeiten: wie sie draußen wohnen sollten – nämlich in einer Jurte, wie man sich den Transport von Futter und Lebensmitteln dachte; vor allem aber war es gut, daß er einmal mit der Mutter sprach. Sie war in letzter Zeit sehr reizbar geworden, die Krankheit zehrte an ihr und das Warten auf Briefe vom Vater. Und so fiel sie über den Vorsitzenden her. »Wohin schickt ihr bloß diese Kinder«, sagte sie. »Sie kommen um dort in der Steppe. Meinen Sohn laß ich nicht weg. Selber lieg ich im Bett. Die andern Kinder sind noch klein. Vom Mann keine Nachricht. Weder Heu im Haus noch Feuerung.« Worauf der Vorsitzende entgegnete: »Heu kriegen Sie von uns ein Quentchen, aber mehr beim besten Willen nicht, die Frühjahrsbestellung steht vor der Tür.« Brennstoff versprach er ihr gar nicht erst. Dafür wurde er kalkweiß, als krampfte sich sein Herz zusammen, während er fortfuhr: »Und das mit den Kindern in der Steppe hätten Sie nicht sagen sollen. Ich nehme Ihre Worte nicht mal zur Kenntnis, auch wenn ich Sie im Grunde verstehe. Das ist wie ein Frontauftrag. Und da zählt nicht, ob einer will oder nicht ... Der Befehl ist auszuführen. Ohne Widerrede. Stellen Sie sich vor, eure Männer würden vor einem Angriff anfangen, ihrer Hauswirtschaft nachzujammern, dies fehlt uns und das, der Ofen ist kalt und das Vieh nicht gefüttert – das gäbe vielleicht eine Attacke! Na?«

So sah ihre Unterhaltung aus. Die Mutter konnte einem leid tun, der Vorsitzende Tynalijew ebenso, auch ihn mußte man verstehen, schließlich hatte er sich das alles nicht aus Übermut ausgedacht. Sultanmurat bat er, möglichst schnell wieder an die Arbeit zu gehen. »Wir haben keine Zeit mehr«, sagte er. »Sowie es der Mutter bessergeht, zögere keinen Augenblick, marschier los.«

Seit dem Vortag fühlte sich die Mutter etwas wohler

und wirtschaftete schon im Haus herum. Er konnte zu den Jungen in den Pferdestall zurückkehren. Nur Feuerung mußte er zuvor heranschaffen, und wenn er sie aus der Erde stampfte. Er durfte die Familie nicht ohne Brennstoff lassen fürs Kochen und Heizen.
Es war ein Vorfrühlingstag. Warm zur Mittagsstunde. Nicht Winter und nicht Frühjahr. Ein harmonisches Gleichgewicht der Kräfte. Sauber, friedfertig, weiträumig rundum. Hier und da dunkelten bereits große Flecken Erdkrume inmitten der zusammengesackten, durchbrochenen Schneedecke. In der durchsichtig klaren Luft leuchteten weiß die Massive der fernen schneebedeckten Berge. Was für ein riesiges Land und wieviel Arbeit verlangte es vom Menschen!
Sultanmurat blieb stehen. Versuchte, die Aksaier Flur auszumachen im Westen, am Steppenhang der Vorberge vom Großen Manas-Kamm. Doch in jener Ferne, im Aksaischen, wie man so sagte, war nichts zu erkennen. Grenzenlosigkeit sah er und Licht. Dorthin würden sie dieser Tage aufbrechen. Wie mochte es da sein? Was harrte ihrer in jener Gegend? Ein Kälteschauer überrieselte seinen Rücken.
Der Tag aber war wunderschön. Adshymurat geriet außer Rand und Band. Schulfrei hatte er, der Bruder war bei ihm, nebenher trottete ergeben der Hund, keiner auf der ganzen Welt hatte ihm was zu sagen, und sie waren unterwegs nach Feuerung für zu Haus. Er hoch auf dem Esel. Hell ließ er seine Stimme erklingen, sang Lieder:

»Ber komanda, marschallar,
Kalbai tegis tschygabys.
Min-million dshoo kelse-da,
Baaryn tegis dshagabys.«

»Los, Marschälle, gebt Befehl,
Wir erheben uns wie ein Mann
Und vernichten auf der Stell
Selbst Millionen Feinde dann.«

Ach, du Schafsnase! Du Kindskopf!
Aber Adshymurat ließ es sich nicht verdrießen.
Schmetterte hingebungsvoll:

»Bir-eki, da, bir-eki,
Katarandy tüsdöp bas . . .«

»Eins und zwei und eins und zwei,
Schließt noch fester Reih um Reih . . .«

Heiterkeit ergriff auch Sultanmurat. War ja drollig anzusehn, dieser Draufgänger auf dem Esel. Als sie jedoch an dem vorjährigen Druschplatz vorbeiritten, verstummten sie unwillkürlich. Über dieser abgeschiedenen Stelle inmitten eingefallener Strohschober lag schon ein Hauch von Frühling. Die Stille der freien Natur. Nach dem letzten Drusch des Vorjahres war alles hier liegengeblieben. Es roch nach feuchtem Stroh, nach Fäulnis und erloschenem Sommer. Im Bewässerungsgraben lag ein zerbrochenes felgenloses Rad.

Auch stand da noch eine mit ausgedroschenen Garben gedeckte große Hütte. Dort hatten sich die Drescher von der Hitze erholt. Durch die Sonne hervorgelockt, grünten inmitten des spreubedeckten Geländes schon Hälmchen aus den verstreuten Körnern.

Aktösch flitzte herum, beschnupperte alles auf dem Druschplatz und schreckte Wildtauben auf. Unter überhängenden vereisten Strohbündeln kamen sie hervorgeflattert. Ungestört haben sie hier den ganzen Winter über ihr Futter gefunden.

Laut und fröhlich kreisten sie nun über dem Feld, eine dichte, ungestüme Schar. Aktösch kläffte sie gutmütig an, lief ihnen eine Weile nach und trabte schließlich weiter. Auch Adshymurat schrie auf sie ein und scheuchte sie, hatte sie aber bald vergessen. Anders Sultanmurat. Der beobachtete noch lange den Vogelschwarm, bewunderte ihren eleganten Flug, den schillernden Perlmuttglanz der Federn in der Sonne; und als er gewahr wurde, wie sich ein Taubenpaar von der Schar löste und einträchtig abschwenkte, kam ihm der junge Mathematiklehrer in den Sinn, der zur Armee gegangen war.

Ich bin ein grauer Tauber am blauen Himmelszelt,
und du, mein kleines Täubchen, fliegst mit mir Seit an
 Seit.
Kein größres Glück ist denkbar in unsrer weiten Welt,
als dir so nah zu bleiben, Liebste, für alle Zeit . . .

Beschwipst hatte sich der Lehrer beim Schankwirt zum Abschied, und als er im Wagen zum Ail hinausfuhr, sang er, solange man ihn noch hörte, daß er ein grauer Tauber sei am blauen Himmelszelt und sie, sein kleines Täubchen, fliege mit ihm Seit an Seit . . . Komisch fand Sultanmurat damals das Liedchen, und der gestrenge Lehrer erschien ihm plötzlich albern. Jetzt aber, da sein Blick dem davoneilenden Wildtaubenpaar folgte, erstarrte er jäh, und ihn überlief ein Schauer. Wie eine Offenbarung schoß das Liedchen des Mathematiklehrers durch seinen Sinn. Und der Junge begriff, daß er selbst jener Tauber war am blauen Himmel und daß sie mit ihm dahinflog, Seite an Seite, Flügel an Flügel. Sein Atem stockte, so sehnlich wünschte er, mit ihr zusammen zu sein, mit Myrsagül, und ebenso zu schweben wie diese Tauben, die über dem winterlichen Feld einen weiten, schrägen Kreis zogen. Der Brief an sie fiel ihm ein, und er beschloß, auch die Worte des Liedes von den Tauben aufzunehmen. Jetzt blieb nur noch das Problem der Zustellung. Ihm war klar, im Beisein anderer würde sie den Brief nie annehmen. Mied sie ihn doch sogar in den Pausen. Und jetzt besuchte er nicht einmal mehr die Schule. Nach Hause zu ihr durfte er nicht kommen, die Familie war streng. Und selbst wenn er ginge, was sollte er sagen, wie alles erklären? Wozu in aller Welt muß einer schreiben, wenn er im selben Ail lebt? Aber je länger er grübelte, desto sehnlicher wünschte er, sie möge erfahren, wie er an sie dachte. Das war sehr wichtig, überaus wichtig, unendlich wichtig.

Den ganzen Weg über kreisten seine Gedanken um sie, um die bevorstehende Fahrt nach Aksai und um den Vater an der Front; dabei merkte er gar nicht, wie sie zu der Schlucht gelangten. Jemand war schon vor ihnen dagewesen und hatte Reisig gesammelt. Aber das verbliebene Kuurai an beiden Seiten des zugefrorenen Baches und inmitten des Sanddorngestrüpps reichte vollauf. Ihre Sorge war nicht, es zu finden, sondern es wegzuschaffen. Ungesäumt gingen sie ans Werk.

Der Esel Schwarzmähne durfte derweil Vorjahrsgras rupfen, das unterm Schnee hervorlugte. Aktösch brauchte keine Aufsicht, er streifte allein durch die Schlucht und erschnupperte Gott weiß was. Die Brüder faßten tüchtig zu. Sie sichelten die dürren Stengel und stapelten sie zu Haufen, um sie später zu bündeln. Arbeiteten schweigend.

Bald gerieten sie in Schweiß. Sie entledigten sich ihrer Schafpelze. Schön ist's, Kuurai zu sicheln, wenn es dicht steht und feste Stengel hat. Das such mal in der Nähe vom Ail! Keine Spur! Hier aber kann man es büschelweise an den Wurzeln abhauen, der reinste Spaß! Das Kuurai knistert trocken, seine Samen rascheln in Kapseln und Schoten, übersäen den Schnee. Und es riecht herb nach bitterem Blütenstaub, als wär's Sommer, August. Kaum kriegt man den Buckel gerade. Das Kuurai hier ist herrlich, gibt eine Mordshitze. Die Mutter und die kleinen Schwestern werden sich freuen. Brennt im Haus der Ofen, steigt sofort die Stimmung ...

Eine Menge hatten sie bereits geschafft, wollten eine Ruhepause einlegen, als Aktösch wütend anschlug. Sultanmurat hob den Kopf, ließ die Sichel fallen und schrie: »Adshymurat, ein Fuchs!«

Vor ihnen, die Schlucht herunter, über die winters hart gewordene Schneekruste lief ein vom Hund aufgescheuchter Fuchs, sah sich hin und wieder um und verharrte kurz. Er lief lässig und leicht, als glitte er über den Schnee. Recht kräftig war er, hatte aufrecht stehende Lauscher, einen grauroten Rücken und einen ebenso grauroten langen Schwanz. Aktösch verfolgte ihn eifrig und unüberlegt, aber je wilder er seiner Beute nachsetzte, desto tiefer versank er im Schnee.

»Fang ihn! Faß!« brüllte Adshymurat, und sichelschwingend stürzten sie dem Fuchs entgegen.

Als der Fuchs die auf ihn zulaufenden Menschen gewahrte, machte er kehrt, entwischte hinter einen Dornenbusch, und kaum war Aktösch in der alten Spur an ihm vorbeigerast, flüchtete er in die entgegengesetzte Richtung. Natürlich hätte er vor seinen Verfolgern seitlich ausbrechen und sie abschütteln können, zu seinem Unglück aber steckte er gleichsam in einem Sack, hier endete die Schlucht mit abschüssigen, unüberwindlichen Steilwänden. Seine Lage schien hoffnungslos. Ohne diesen kläffenden, verbiesterten Hund hätte er sich längst im Sanddorngestrüpp verborgen – versuch da einer, ihn aus den Dornen herauszuholen! Aber der Hund, obzwar ein dummer Hofköter, war doch ausdauernd und starrköpfig. Er verstummte keinen Augenblick, und gerade das Hundegebell machte dem Fuchs angst.

Die Brüder, hingerissen von dem überraschenden Abenteuer, stürmten ihm Hals über Kopf nach, verschwitzt und aufgeregt, benommen von dem eigenen Geschrei und der wilden Verfolgungsjagd. Dem Fuchs blieb nichts anderes übrig, als sich der Töle auszuliefern oder an den Menschen vorbei aus der Schlucht zu flüchten.

Er sah sich um, und statt den Menschen davonzulaufen, kam er frontal auf sie zu. Die Kinder erstarrten vor Verwunderung.

Fast gemächlich näherte sich ihnen der Fuchs auf dem Kamm einer Schneewehe im Talgrund, als habe er die Möglichkeiten des seiner Spur folgenden und keuchenden, hin und wieder im Schnee einbrechenden Hundes genau berechnet. Der arme Aktösch war außer Rand und Band von seinem Gebell und der Hatz. Er merkte schon nicht mehr, wie ihn der Fuchs in tiefen Schneeharsch lockte.

Die Brüder reagierten auch nicht viel gescheiter. Beide blieben stehen, verzaubert von dem anrückenden Wunder, so schön war der Fuchs in seinem Trab – wie ein zielstrebig in die Strömung gelenktes Boot. Er hielt genau auf sie zu, als versuchte er, zwischen ihnen durchzubrechen, um niemanden zu kränken. Dann aber schwenkte er etwas nach links und sauste an Sultanmurat vorbei, nur zwei, drei Schritt von ihm entfernt. In diesem Sekundenbruchteil sah ihn der Junge wie im Traum, unschlüssig, ob er seinen Augen trauen sollte oder nicht. Während der Fuchs mit angespannt vorgestrecktem Kopf an Sultanmurat vorbeisprang, musterte er ihn mit seinen glänzenden schwarzen Lichtern. Überrascht vermerkte Sultanmurat diesen weisen Raubtierblick. So behielt er ihn auch im Gedächtnis: mit hocherhobenem Kopf und hochaufgerichteter buschiger Rute, mit weißlichem Unterbauch, flinken schwarzen Läufen und dem klugen, alles einschätzenden Blick ... Er wußte, der Junge würde ihn nicht anrühren.

Zur Besinnung kam Sultanmurat, als Adshymurat die Sichel nach dem Fuchs schleuderte und loskreischte: »Schlag doch! Schlag doch!«

Sultanmurat war nicht einmal dazu gekommen, als der Fuchs auch schon im Kuurai untertauchte. Aktösch setzte ihm nach, und beide verloren sich tief unten in der Schlucht.

Die Brüder rannten erst hinterher und blieben dann stehen. Der Fuchs war spurlos verschwunden. Nur Aktösch bellte bald hier, bald da los.

»Ach du«, sagte Adshymurat später. »So'n Fuchs hast du entwischen lassen. Stehst da und machst keinen Finger krumm.«

Sultanmurat war nicht dazu gekommen. »Wozu brauchst du ihn denn?« murmelte er.

»Wozu?« Ohne Erklärung winkte Adshymurat ab.

Dann trugen sie schweigend das abgesichelte Kuuraireisig zu einem Haufen. Ein wenig mußten sie noch schneiden, um die Bündel groß genug zu bekommen. Da sagte Adshymurat gekränkt: »Warum, warum,

fragst du! Wir hätten Vater eine Fuchspelzmütze genäht wie die vom Onkel, aber du stehst da!«
Sultanmurat war betroffen: Daran hatte also der Bruder gedacht, während er dem Fuchs nachsetzte. Jetzt bedauerte er, daß sie diesen schönen Fuchs nicht doch erwischt hatten, und er stellte sich den Vater vor mit einer flauschigen warmen Ohrenklappenmütze. So eine Kopfbedeckung hätte dem Vater bestimmt gut gestanden. Seine Gedanken unterbrach Adshymurats Schluchzen. Der Bruder saß auf einem Stapel Reisig und weinte bitterlich.
»Was ist denn? Was hast du?« Sultanmurat trat zu ihm.
»Nichts«, erwiderte der Kleine unter Tränen.
Sultanmurat forschte nicht weiter, fiel ihm doch plötzlich ein, wie Adshymurat unlängst geweint hatte, als der Onkel sie besuchte. Natürlich, der Junge sehnte sich nach dem Vater. Der Fuchs und die Fuchspelzmütze hatten ihn an seinen Kummer erinnert.
Sultanmurat wußte nicht, wie er dem kleinen Bruder helfen konnte. Ihm selbst war schwer ums Herz. Erbarmen und Mitgefühl mit Adshymurat bewogen ihn, ihm sein tiefstes Geheimnis anzuvertrauen.
»Hör auf zu weinen, Adshyke«, sagte er und setzte sich neben ihn. »Weißt du, ich will heiraten, sowie der Vater heimkommt.«
Adshymurats Tränen versiegten, er machte Kulleraugen. »Heiraten?«
»Ja. Aber du mußt mir helfen bei einer Sache.«
»Welcher Sache?« Adshymurat wurde hellwach.
»Aber zu keinem ein Wort!«

»Bestimmt nicht! Ich verrat keinem was!«

Sultanmurat zögerte. Sollte er's sagen oder nicht? Er schwieg verwirrt.

Adshymurat fing an zu bohren: »Nun erzähl schon, was für eine Sache, bitte, Sultan! Ehrenwort, ich halt den Mund.«

Sultanmurat brach der Schweiß aus allen Poren, und am Bruder geflissentlich vorbeisehend, brabbelte er: »Einem Mädchen einen Brief übergeben. In der Schule.«

»Und wo ist der Brief? Was für ein Brief?« Putzmunter bedrängte Adshymurat den Bruder.

»Zeig ich dir später. Ich hab ihn doch nicht hier.«

»Wo dann?«

»Wo er hingehört. Kriegst ihn noch zu sehn.«

»Und welchem Mädchen?«

»Du kennst sie. Ich sag's später.«

»Nein, gleich!«

»Später.«

Adshymurat ließ nicht locker. Er wurde einfach unausstehlich.

Schwer aufseufzend gab Sultanmurat nach, er stotterte: »Der Brief . . . muß . . . ist . . . für Myrsagül.«

»Welche Myrsagül? Die aus eurer Klasse?«

»Ja.«

»Hurra!« brüllte der kleine Bruder vor Freude oder aus Übermut. »Die kenn ich, das ist doch die, die sich einbildet, sie ist eine Schönheit! Mit uns aus den unteren Klassen redet die nicht.«

»Was brüllst du so!« fauchte der Ältere.

»Ist ja gut, ich hör schon auf! Du liebst sie, ja? Ihr seid wie Aitschurek und Semeteh*, ja?«
»Schluß jetzt!« schrie ihn Sultanmurat an.
»Was denn! Willst du mir den Mund verbieten?« stänkerte der Knirps.
»Schrei nur, klettre auf die Berge hier und posaun's hinaus in die Welt!«
»Mach ich auch! Du liebst die Myrsagül! Jawohl! Jawohl! Du liebst . . .«
Die Frechheit des Kleinen brachte den Bruder zur Raserei. Er holte aus und gab ihm eine kräftige Ohrfeige. Adshymurat verzog sofort den Mund und plärrte aus vollem Hals: »Mich haun, wo Vater im Krieg ist? Warte nur! Warte! Du kriegst noch dein Fett.«
Nun mußte Sultanmurat ihn beschwichtigen. So ein Blödsinn! Als sie sich wieder versöhnt hatten, sagte Adshymurat, immer noch krampfhaft schluchzend und sich die Tränen mit der Faust im Gesicht verschmierend: »Denk nicht, ich verrat dich, nicht mal der Mama sag ich's. Aber sich gleich darum prügeln! Den Brief geb ich ihr schon. Ich wollte es dir gerade versprechen, und du drischst los. In der Pause übergeb ich ihn, ruf sie beiseite. Dafür nimmst du mich mit, wenn Vater aus dem Krieg zurückkommt, wenn alle zur Station rennen, um ihn zu begrüßen. Zu zweit setzen wir uns auf Tschabdar und galoppieren vorweg. Du und ich. Tschabdar gehört doch jetzt dir. Du sitzt vorn auf, ich dahinter, und los geht's. Und dann geben

* Gestalten aus dem kirgisischen Heldenepos »Manas«

wir Tschabdar dem Vater, laufen selber nebenher, und uns entgegen kommen Mama und alle andern . . .«

So sprach er – klagend, gekränkt und flehend – und rührte Sultanmurat derart, daß dieser sich selber nur mühsam die Tränen verbiß. Erst war er aufgebraust, nun bereute er, daß er den Jungen geschlagen hatte.

»Na schön, Adshyke, heul nicht mehr. Wir sprengen los auf Tschabdar, Hauptsache, der Vater kommt zurück.«

Als sie alles geschnittene Reisig zusammengetragen hatten und es bündelten, erhielten sie drei große Pakken. Sultanmurat verschnürte sie meisterhaft. Zuerst wirkt so ein Haufen riesig, wie ein Berg, man fürchtet schon, daß man ihn nicht wegbekommt. Hat man dann aber die Schnüre gekonnt angezogen, verkleinert er sich auf ein Drittel. Sachkundig gepackt, liegt so ein Bündel fest und gleichmäßig am Rücken an, trägt sich auch bequemer. Diesmal hatten die Kinder zwei Bund als Traglast für Schwarzmähne fertiggemacht – deshalb hatten sie ihn ja mitgenommen –, das dritte wollte sich Sultanmurat selbst aufbürden. Er mußte es ziemlich weit tragen, aber dafür brachten sie mit einemmal mehr Feuerung nach Hause. Jammerschade wär's zudem, solches Kuurai dazulassen. Erstklassiges Reisig hatten sie gesammelt in der Schlucht.

Sie beluden Schwarzmähne derart, daß unter der Last weder Ohren noch Schwanz hervorlugten. Adshymurat führte ihn an der Leine. Sultanmurat ging hinterdrein, tief gebückt unter seinem Packen, den er auf besondere Weise über Kreuz geschultert hatte – der

Strick läuft unter der linken Achsel hervor über die Brust zur rechten Schulter, wird am Nacken durch eine gleitende Schlinge geführt, deren Ende der Träger in der Hand hält. So kann man beim Gehen ständig die Verschnürung seines Bündels straffziehen.
An der Spitze also schritt Adshymurat mit Schwarzmähne am Halfter, ihm folgte Sultanmurat, das Reisig auf dem Rücken, und den Zug beschloß der Köter Aktösch, der bereits todmüde war und deshalb hinterdreintrottete.
Wer Reisig trägt, darf nicht gar zu bald rasten. Nach der ersten Ruhepause verkürzen sich die Marschetappen – der zweite Halt erfolgt schon nach der Hälfte der ersten Strecke, der dritte nach der Hälfte der zweiten und so fort. Das wußte Sultanmurat recht gut, deshalb schonte er seine Kräfte, ging gemessen, aber mit großen Schritten. Jetzt bemerkte er nichts ringsum, blickte nur auf den Weg vor seinen Füßen. Will man nicht so rasch ermüden und die nächste Rast herbeisehnen, denkt man am besten über etwas nach.
Also überlegte Sultanmurat, wie er morgen früh wieder seine Arbeit auf dem Pferdehof übernehmen würde und seine Pflichten als Kommandeur der Luftlandetruppe. Die Zeit drängte. Nur wenige Tage blieben noch bis zum Ausrücken nach Aksai. Die Pferde waren aufgefüttert und kuriert, die Pflüge und Ersatzschare fertig, auch das Geschirr, und doch – geht's aufs Feld hinaus, fehlt bestimmt noch was, so ist's nun mal. Sagt der Brigadier Tschekisch. Und schlußfolgert: Das Auge ist ein Angsthase, die Hand ein Held, drum

mutig raus aufs Feld, bei der Arbeit zeigt sich schon, was auf einen zukommt, alles kann man nicht voraussehen. Vielleicht hat er recht.
Dann grübelte Sultanmurat, wie er der Mutter das Leben erleichtern könnte. Sie ist ja restlos abgerackert. Auf der Viehfarm melkt sie, füttert die Kühe, und zu Hause gibt's auch kein Verschnaufen. Alles macht sie allein, Heizen, Kochen, Wäschewaschen. Die Mädchen sind noch klein. Und was kann man schon von Adshymurat groß verlangen? Ihn aber sind sie los, bald geht's nach Aksai, und wer weiß, wann er von da heimkommt. Wieviel ist da zu pflügen und zu eggen. Dabei haben sie ganze fünf Gespanne. Das übrige Zugvieh und die andern Pflüge werden auf den alten Feldern eingesetzt. Da gibt es noch mehr zu tun, viel mehr. Aber wenigstens in der Nähe vom Ail. Notfalls gehen auch Frauen hinterm Pflugsterz. Obwohl das keine Weiberarbeit ist. Aber heutzutage graben Frauen auch Gräben gürteltief, leiten Wasser auf die Felder, bauen Dämme. Was konnte er tun, um die Mutter zu entlasten? Nichts fiel ihm ein.
Doch vor allem beschäftigte ihn, daß er morgen den Brief übergeben lassen würde, es fehlten nur noch die Worte aus dem Lied von den Tauben. Er stellte sich Myrsagül vor, wie sie seine Botschaft las und was sie dabei dachte. Oje, von seiner Liebe zu schreiben ist wirklich schwer. Immer kommt etwas anderes heraus, als man sagen will, kein Papier gibt wieder, wie es im Herzen aussieht. Was wird sie entgegnen? Sie muß ihm antworten. Unbedingt! Wie erführe er sonst, ob

sie möchte, daß er sie liebt oder nicht? So steht die Frage. Wenn sie aber seine Liebe verschmäht? Was dann?

Längst lag die Schlucht Tujuk-Dshar hinter ihnen. Die untergehende Sonne schien bereits von schräg vorn, fiel seitlich aufs Gesicht. Das Land bewahrte seine winterliche Ruhe und Erhabenheit. So ist es gewöhnlich vor einem Sturm – Ruhe, Frohsinn, Stille warten nur darauf, daß in einem Augenblick alles zusammenprallt, umstürzt, durcheinandergerät und in Scherben fliegt. Da empfiehlt es sich, um die bösen Geister zu bannen, »wend es sich zum Glück, zum Frieden!« zu flüstern. Manchmal hilft's.

»Wend es sich zum Glück, zum Frieden!« sprach Sultanmurat insgeheim und hielt Ausschau nach einem Ort für die erste Rast.

Als Ruheplatz eignet sich nur ein Fleck mit kleinem Höcker, damit man wieder leicht auf die Beine kommt. Zuerst versetzt sich der Reisigträger, auf dem Bündel liegend und zusammen mit ihm, ins Schaukeln, aber nicht zu heftig, sonst rollt ihm die Last über den Kopf, und er selbst schlägt der Länge nach hin wie ein Frosch. Hat er genug Schwung geholt, muß er vornüber auf die Knie fallen, dann stellt er ein Bein vor, stemmt sich auch mit dem zweiten hoch und richtet sich schließlich, die Beschwörungsformel »O pirim!« murmelnd, so weit auf, wie es seine Bürde erlaubt. Sich zum Ausruhen niederzulassen ist dagegen ein Kinderspiel – man läßt sich einfach rücklings fallen. Sultanmurat ließ sich auf sein Bündel nieder und kniff

die Augen zu. Welche Wohltat, die Schnüre auf der Brust zu lockern! Glückselig lag er da und überschlug, wo die nächste Rast sein würde. Wann würde er sich nach den Strapazen des Marsches völlig entspannen und allein an *sie* denken können?
Antworte aber recht schnell auf meinen Brief, ja? flüsterte er lautlos, lächelte vor sich hin und lauschte. Erhabene, wunderbare Stille lag über dem noch hellen, allmählich dämmernden abendlichen Land.

7

Jene Tage aber rückten näher ...
Erregt und sehnsüchtig wartete er auf Antwort von Myrsagül, Tag für Tag erlöste ihn daraus spätabends erst ein todesähnlicher Schlaf. Unentwegt dachte er daran, was er auch tat. Er arbeitete, was das Zeug hielt, befehligte seine Truppe und lauerte insgeheim doch ständig darauf, daß Adshymurat von der Schule zum Stall gestürmt käme und den ersehnten Bescheid brächte. Sogar Zeichen hatte er mit ihm vereinbart. Falls Myrsagül eine Antwort schickte, sollte Adshymurat in großen Sätzen angelaufen kommen, armeschwenkend, hüpfend und springend, falls nicht, sollte er betont lässig gehen, die Hände in den Taschen. Unentwegt hielt Sultanmurat nach ihm Ausschau. Aber tagtäglich kam der kleine Bruder, die Hände tief in den Taschen. Das verdroß Sultanmurat,

schien ihm unbegreiflich. Seine Geduld war versiegt. Immer wieder fragte und forschte er Adshymurat aus, was sie ihm bei ihrer Begegnung gesagt habe, wie er an sie herangetreten sei, worüber sie sich unterhalten hätten. Kam er nach Haus, schlief der Bruder längst. Und wie gern hätte er noch mehr Einzelheiten aus ihm herausgeholt! Obwohl es nichts Besonderes zu ergründen gab. Nach Adshymurats Auskunft hatte die garstige Myrsagül in den Pausen überhaupt nicht mit ihm gesprochen, sondern getan, als wüßte sie nichts und erinnerte sich an nichts. Als hätte es den Brief nie gegeben. Sie stand in den Pausen herum, schwatzte mit ihren Freundinnen und übersah ihn, Adshymurat, geflissentlich, solange er nicht selbst zu ihr trat und nach ihrer Hand griff.

Sultanmurat begriff nicht, was das bedeutete. Falls Myrsagül mit ihm nichts zu tun haben wollte, warum sagte sie es nicht frei heraus? Warum schwieg sie, ahnte sie nicht, wie qualvoll, wie sehnsüchtig er auf Nachricht wartete?

Mit diesen Gedanken schlief er ein, und am Morgen, wenn der neue Tag begann, überfielen sie ihn erneut. Dabei blieb keine Zeit mehr zum Warten. Die Schneedecke ringsum schwand zusehends. Bald würde der Frost aus dem Boden weichen und die Erde aufatmen, würden sie auf dem Feld die erste Furche ziehen, dann gab es nur noch die Arbeit.

Eines Tages bat Sultanmurat den Bruder: »Sag ihr, ich fahr bald nach Aksai, für lange.«

Die Antwort war einsilbig.

»Ich weiß«, ließ sie ihm bestellen, mehr nicht.

Er war ratlos. Manches Mal wäre er am liebsten in die Schule gelaufen, um eine Pause abzupassen, sie zu sehen und aus ihrem Mund zu erfahren, wie er sich alles erklären solle. Er tat es nicht. Was ihm früher kinderleicht schien, war jetzt beinahe unvorstellbar. Furcht, Schüchternheit, Scham und Zweifel tobten in ihm wie unbeständiges Wetter in den Bergen.

Dabei durfte er die Arbeit nicht vernachlässigen. Und zu tun gab es eine Menge. Kommandeur dieser Truppe zu sein war gar nicht so einfach. Von früh bis spät rackern, tagaus, tagein, und je weniger Zeit bis zur Abfahrt nach Aksai blieb, desto mehr Sorgen stürmten auf ihn ein. Dennoch, der anbrechende Lenz mehrte nicht nur ihre Pflichten, er verschönte zugleich ihr Leben, erneuerte es, ließ es überschäumen. Frühlingshaft wurde es an der Tränke, lustiger, freier. Das Eis war weg – wie verdunstet. Der Fluß, wieder offen, eilte hurtig dahin, sprudelte über die steinige Bank. Jeder Kiesel auf dem Grund des schnell fließenden grünlichen Wassers schimmerte im Spiel von Licht und Schatten.

Lärmend liefen die Pferde in den Fluß, daß unter ihren Hufen ganze Spritzerwolken aufstoben. Die Jungen, hoch zu Roß, mittendrin. Lachen, Aufschreie wegen kalter Duschen, Ansprünge ...

In einem solchen Moment an der Tränke, erblickte Sultanmurat sie. Bemerkte sie an der Furt und erstarrte. Warum wohl? Myrsagül war nicht allein. Vier Mädchen kamen da, auf dem Heimweg von der

Schule. Wie leicht hätte er sie übersehen können! Gehen doch viele Leute diesen Weg und springen von Stein zu Stein über den Fluß! Glück muß der Mensch haben! Zufällig sah er hin und zügelte versteinernd Tschabdar – er hatte sie sofort erkannt. Sie überquerte den Fluß und entdeckte ihn gleichfalls, geriet auf den Steinen aus dem Gleichgewicht, balancierte mit den Armen, blieb dann am Ufer kurz stehen und warf einen Blick in seine Richtung. Auch während sie mit den Freundinnen weiterging, sah sie sich noch ein paarmal nach ihm um. Sooft sie sich nach ihm umwandte, wäre er am liebsten losgeprescht, ihr – dem verheißenen Glück – nachgejagt, um ihr auf der Stelle offen und ohne Scheu zu sagen, wie sehr er sie liebte. Und daß sein Leben leer sei ohne sie. Aber jedesmal gebrach es ihm an Mut; jedesmal wenn sie zu ihm zurückblickte, war es wie Sterben und Auferstehen. Sie war mit ihren Freundinnen bereits in der Araler Straße verschwunden, da stand er noch immer mit Tschabdar mitten im Fluß, die andern Tiere hatten sich satt getrunken und befanden sich schon wieder am Ufer. Die Jungen trieben sie für den Heimweg zum Pferdehof zusammen, er aber rührte sich nicht vom Fleck und gab sich den Anschein, als tränkte er noch immer Tschabdar.

Später, bei ruhiger Überlegung, wunderte und ärgerte er sich, daß er nicht früher daraufgekommen war, sie hier, auf diesem Weg, abzupassen, wenn sie aus der Schule kam. An der Furt kann man sich immer wie zufällig begegnen. Wieso war ihm das nicht früher eingefallen? Natürlich mußte er selber etwas unterneh-

men, um ihr gegenüberzutreten und aus ihrem Mund zu erfahren, was sie von seinem Brief hielt.
Ihm wurde klar, daß er sie jeden beliebigen Tag hier hätte treffen können, wäre ihre Luftlandetruppe nur ein wenig später mit den Pferden zur Tränke geritten. Mit Verdruß begriff er, daß regelmäßig, sobald sie die Tränke verlassen hatten, fast an der gleichen Stelle Myrsagül auftauchte – lächerlich, daß er nicht längst dahintergekommen war! Er litt und quälte sich, dabei war alles so einfach.
Jetzt beschloß er, sie abzupassen. Schon tags darauf verweilte er am Fluß, sagte den Jungen, er käme bald nach, wolle Tschabdar nur ordendlich warm reiten, und bat sie, so lange seine Pferde zu versorgen, sie nach dem Tränken anzubinden und zu füttern.
Und wieder kam ihm Anatai in die Quere!
Er beeilte sich nicht, vom Fluß zurückzureiten, und hielt auch die andern auf.
»Ich weiß, auf wen du wartest«, sagte er herausfordernd.
Ein widerlicher Kerl!
Und Sultanmurat? Statt Anatai gelassen abzufertigen: »Von mir aus – dann weißt du's eben«, beschimpfte er ihn: »Du Spion, du!«
»Wer soll ein Spion sein? Ich?«
»Ja, du!«
»Dann beweis es! Bin ich ein Spion, soll mich ein Tribunal erschießen! Wenn nicht, polier ich dir die Fresse!«
Los ging die Prügelei, sie hetzten die Pferde aufeinan-

der, attackierten sich auf jegliche Weise mitten im Fluß. Unter Drohrufen und zornigen Blicken versuchten sie, einander vom Pferd zu zerren. Die Jungen am Ufer lachten, hatten einen Mordsspaß, stachelten die beiden an, die aber sahen nur noch rot, wie zwei Kampfhähne. Das Wasser ringsum brodelte, Spritzer stoben, die Pferde stolperten im Wasser, ihre Hufeisen schurrten über die Steine. Da schrie Erkinbek: »He, ihr beiden! Wollt ihr wieder die Pferde zuschanden machen?«

Sie besannen sich sofort, waren sogar froh, daß sich ein triftiger Grund gefunden hatte, und trennten sich wortlos.

Die Stimmung war dennoch verdorben. Als die Jungen die Pferde im Stall hatten, keuchte Sultanmurat immer noch, und um sich zu beruhigen, ritt er im Trab den Fluß entlang, die Augen auf den Weg geheftet. Weit ritt er nicht, er wendete bald, und da erblickte er sie. Wie tags zuvor kam Myrsagül mit ihren Freundinnen aus der Schule. Sie schlenderten daher, in Geplauder vertieft, was kümmerte es sie schon, daß jemand sich soeben um ein Haar wegen einer von ihnen geschlagen hätte, daß dieser Jemand litt und sich vor Sehnsucht verzehrte nach einer von ihnen. Erst kürzlich hatte die Mutter besorgt den Sohn gefragt: »Was hast du nur? Bist du krank? Siehst ja hundeelend aus!«

Er beruhigte die Mutter, schaute aber in den Spiegel – lange schon hatte er sich dazu keine Zeit genommen –, und tatsächlich, er hatte sich verändert. Die Augen glänzten wie bei einem Kranken, das Gesicht war schmaler, der Hals länger geworden, es sah fast so aus, als hätten sich zwei Runzeln, zwei Fältchen zwischen den Brauen eingegraben, und über der Oberlippe sproß dunkler Flaum. Im Gegenlicht sah man's, sonst nicht. Allerhand! Ein ganz anderer war er geworden, völlig verwandelt. Nicht mal der Vater würde ihn gleich erkennen, wenn er nach Hause käme.

Sultanmurat ritt seitlich heran und bemerkte, wie Myrsagül zweimal den Kopf zur Tränke wandte, als suchte sie dort jemand. Sowie sie ihn erblickte, stockte sie überrascht, blieb kurz stehen, folgte dann aber rasch ihren Freundinnen. Sie hüpften von Stein zu Stein über den Fluß, als wäre nichts gewesen, und liefen auseinander zu ihren Häusern. Er aber schlug einen Bogen, als eilte er dienstlich irgendwohin, und kehrte dann über die Gemüsegärten zur Straße zurück, damit sie ihm entgegenkäme. Er erspähte sie am andern Ende der Straße. Nun ritt er langsam. Je mehr sie sich näherten, desto mehr kriegte er es mit der Angst. Ihm schien, die ganze Straße lauere an Fenstern und Türen voll Neugier, wie sie sich begegneten und was er ihr sagen würde.

Sie ging ohne Eile auf ihn zu. Er begriff nicht, was geschehen war, warum er sich so erregte. Schließlich waren sie in einer Klasse gewesen, nicht das geringste hatte es ihm ausgemacht, ihr etwas wegzunehmen und sie sogar zu kränken, nun aber erfüllte ihn Zittern und Zagen. Jetzt hätte er dieses Zusammentreffen am liebsten vermieden, aber es war zu spät. Sie mußte wohl gespürt haben, wie es um ihn stand. Als sie ihn fast erreicht hatte, beschleunigte sie plötzlich den Schritt und bog noch vor ihrem Haus zum Nachbarhof ab. Ihm fiel ein Stein vom Herzen. Und er war ihr unendlich dankbar. Wie aufregend ist es doch, sich so zu begegnen – Auge in Auge.

Hinterher reute es ihn, und er warf sich Kleinmut vor. Nachts schlief er schlecht, und als er im Morgengrauen aufwachte, galt sein erster Gedanke ihr, fest nahm er sich vor, heute unbedingt auf sie zuzutreten, sie einfach anzusprechen und in allem Ernst zu fragen, ob und wann sie auf seinen Brief zu antworten gedenke. Wenn nicht – keine Feindschaft, in wenigen Tagen müsse er hinaus nach Aksai, dies alles solle zwischen ihnen bleiben. Das wollte er ihr sagen.

So fest entschlossen begann er jenen Tag, so entschlossen arbeitete er, so entschlossen begab er sich nach dem Tränken noch einmal zum Fluß. Er ritt auf Tschabdar am Ufer entlang – stromauf und stromab. Unwillkürlich bemerkte er, daß im Ail sogar auf der Schattenseite der Dächer der Schnee bereits weggetaut war, auf den Hügeln aber, wo es wintersüber Verwehungen gegeben hatte, hielt er sich immer noch in schrumpfenden dunkelgrauen Flecken. Wie Amöben sahen sie aus, die sie früher mal in Zoologie gezeichnet hatten.

Tags zuvor hatten der Vorsitzende Tynalijew und der Brigadier Tschekisch die Aksaier Truppe auf dem Pferdehof zum Appell antreten lassen. Alle Pflüge waren numeriert und den Pflügern zugeteilt. Sultanmurat hatte den Pflug Nummer eins erhalten. Jeder schirrte seine Pferde an, zeigte, wie er damit zu Rande kam, und spannte dann seine vier Gäule vor den Pflug. Nun stellten sie die fünf Gespanne in einer Reihe auf. Für einen Unbeteiligten geradezu ein erhebendes Schauspiel! Wie die Tatschankas aus dem Bürgerkrieg, nur mit Pflügen statt der Maschinengewehre! Die Pferde bei Kräften, das Geschirr in Ordnung, die Pflüge auf Hochglanz poliert und geschmiert. Jeder Pflüger in strammer Haltung neben seinem Gespann. Der Vorsitzende Tynalijew schritt die Front ab, streng, wie der Befehlshaber einer Armee. An einen jeden trat er heran.

»Melde deine Bereitschaft!«

»Ich melde. Verfüge über vier beschlagene Pferde, vier anständige Kummete, vier Hintergeschirre, acht Zugstränge, einen Sattel, eine Peitsche und einen Zweifurchenpflug mit drei Paar Ersatzscharen!«

Haargenau wie in der Armee. Bloß der Brigadier Tschekisch blickte finster drein. Na ja, der Opa, das war nichts für ihn!

Der Appell klappte. Nur in zwei Punkten brachen sie ein. Der Vorsitzende Tynalijew rief alle zu Ergeschs Gespann.

»Was stimmt hier nicht am Geschirr?« fragte er. Sie betrachteten alles, betasteten alles und fanden doch keinen Fehler. Da zeigte es ihnen der Vorsitzende selber: »Und was ist das? Sehr ihr nicht, daß der Riemen beim Mittelpferd verdreht ist? Da! Bei der Arbeit scheuert er dem Pferd die Flanke wund. Der Gaul kann sich nicht beschweren. Er zieht, aber am nächsten Tag schwillt die Flanke an, und aus ist's mit dem Anspannen. Wo ein Ersatzpferd hernehmen? Ich hab keine! Also steht der Pflug still, wegen schlafmützigen Umgangs mit dem Geschirr. Sagt, dürfen wir so was zulassen? Haben wir uns dazu den ganzen Winter über vorbereitet?«

Betreten schwiegen alle. Scheinbar eine Lappalie, und dabei . . .

»Sultanmurat«, fuhr der Vorsitzende fort, »du als Kommandeur bist verpflichtet, jedesmal vor Arbeitsbeginn zu überprüfen, wie jeder seine Pferde eingespannt hat. Kapiert?«

»Jawohl!« Die zweite Blamage war ernsterer Natur. Zudem traf sie den Kommandeur höchstpersönlich. Der Vorsitzende Tynalijew fragte die Jungen: »Wo laßt ihr das Geschirr nach der Arbeit, über Nacht?«

Sie überlegten, rätselten herum, antworteten dies und das. Schließlich entschieden sie, auf dem Feld, neben den Pflügen.

»Und was meinst du, Kommandeur?«

»Dasselbe. Auf dem Streifen, wo wir ausspannen, lassen wir das Geschirr neben den Pflügen. Wir können es doch nicht mit uns herumschleppen!«

»Falsch. Das Geschirr darf keineswegs über Nacht auf dem Feld bleiben. Nicht etwa, weil es jemand nehmen könnte. Wer stiehlt schon was in Aksai? Aber regnen kann es nachts oder schneien. Und das Geschirr wird naß – weißgegerbtes Leder! Außerdem können Fuchs oder Murmeltier das Geschirr draußen annagen. Ist das klar? Und was folgt daraus? Der Pflug bleibt auf dem Feld. Die ausgespannten, aber noch angeschirrten Pferde führt ihr ins Lager. Ihr kriegt eine Jurte, da werdet ihr wohnen. Eine nur. Eine zweite hab ich nicht. Jeder schafft sein Geschirr da hinein und legt es sorgsam an seinen Schlafplatz. Verstanden? Ihr schlaft mit dem Geschirr am Kopfende! So lautet das Gesetz!«

So sprach der Vorsitzende Tynalijew an jenem Tag.

So unterwies sie der Vorsitzende kurz vor ihrem Aufbruch nach Aksai. Dieser Augenblick rückte näher. Bald würde es soweit sein.

So nahm sie der Vorsitzende Tynalijew ins Gebet. Genau so.

Schon möglich, daß sie in drei, vier Tagen, falls das Wetter nicht umschlug, nach Aksai zogen, dann leb wohl, Myrsagül – bis zum Sommer! Dieser Gedanke bestürzte Sultanmurat. Schwer vorstellbar, unmöglich, sie so lange nicht zu sehen. Und sei's von fern! Darum wollte er ihr heute erklären, es ginge nur um *ja* oder *nein,* und sagte sie *nein,* wär's auch kein Unglück, warten könne er nicht, in Aksai gäb's Wichtigeres zu tun. Sultanmurat wandte den Blick nicht vom Weg, während er am Ufer entlangritt. Schon wurde er unruhig. Die Zeit war bereits heran. Aber dort kamen ja die Mädchen! Nur – keine Myrsagül! Ihre Freundinnen gingen da, ohne sie! Zunächst verzagte Sultanmurat. Was blieb ihm noch, wenn es so stand? Entmutigt ritt er zum Pferdehof. Doch unterwegs befiel ihn Unruhe: War sie am Ende krank geworden, oder war sonst etwas geschehn? Immer quälender wurde die Sorge, unbezwingbar, solange er nicht den Grund für ihr Ausbleiben erfuhr, das spürte er. Also wollte er sich bei den Mädchen erkundigen. Er wendete das Pferd, und da erblickte er sie. Myrsagül ging allein. Schon näherte sie sich der Furt. Sultanmurat trieb Tschabdar leicht an, damit sie sich an den Steinen im Fluß trafen, und freute sich so – die letzten Minuten hatten ihn doch mächtig mitgenommen –, daß er unwillkürlich stammelte: »Du Liebe!«

Er erreichte sie am Übergang. Sprang vom Pferd, hielt es am Zügel und wartete, daß sie zu ihm ans Ufer kam. Sie kam ihm entgegen und lächelte ihn an.

»Stolpere nicht, paß auf!« rief er, obwohl man eigentlich auf den breiten, mit Rasen belegten Steinen nicht ausrutschen konnte. Wie schön, daß sie hier ging! Wie gut, daß dieser mutwillige Bergfluß weder Brücken noch Stege litt!

Er wartete mit ausgestreckter Hand, und sie näherte sich ihm, sah ihn und lächelte.

»Rutsch ja nicht aus!« rief er noch einmal.

Sie erwiderte nichts. Lächelte ihn nur an. Und damit war alles gesagt, was er wissen wollte. Ein Narr war er gewesen. Briefe hatte er geschrieben, sich gequält und auf Antwort gewartet.

Er ergriff ihre Hand, die sie ihm hinstreckte. So viele Jahre hatte er mit ihr in einer Klasse gesessen, ohne zu ahnen, wie empfindsam ihre Hand war, wie verständig. Hier bin ich! sagte diese Hand. Ich freue mich ja so! Spürst du nicht, wie froh ich bin? Da sah er ihr ins Gesicht. Und staunte: In ihr erkannte er sich selbst! Wie er hatte auch sie sich in dieser Zeit völlig verändert, war gewachsen, hatte sich gestreckt, und ihre Augen leuchteten seltsam flirrend, wie nach einer Krankheit. Sie war ihm ähnlich geworden, weil auch sie unentwegt gegrübelt und des Nachts keinen Schlaf gefunden hatte, weil auch sie ihn liebte – diese Liebe machte sie ihm verwandt. Noch schöner war sie geworden, noch betörender. Eine einzige Verheißung von Glück. All das erkannte und spürte er in einem einzigen Augenblick.

»Ich dachte schon, du bist krank«, sagte er mit zitternder Stimme.

Myrsagül erwiderte nichts darauf, sie sagte nur: »Da.« Und zog ein Päckchen heraus. »Das ist für dich.« Und lief rasch weiter.

Wie oft betrachtete er später dieses Seidentüchlein! Immer wieder zog er es aus der Tasche, steckte es weg und betrachtete es erneut. Das heftseitengroße Tuch war an den Kanten bunt bestickt mit Ornamenten, Blüten und Blättern, und in einer Ecke prangten aus roten Fäden inmitten eines Ornaments zwei Großbuchstaben und ein kleiner: S. c. M. – Sultanmurat und Myrsagül. Diese Lateinbuchstaben, die sie in der Schule noch vor der Reform des kirgisischen Alphabets gelernt hatten, waren ihre Antwort auf seinen wortreichen Brief und die Verse.

Sultanmurat vermochte seine unbändige Freude kaum zu verbergen, als er zum Pferdehof zurückkehrte. Er begriff, dieses Glück konnte er mit niemand teilen, es war ihm vorbehalten, ihm allein, und keiner würde je so glücklich sein wie er. Dabei drängte es ihn, den Jun-

gen von seiner Begegnung zu erzählen und ihnen das Tüchlein zu zeigen.
Dafür ging ihm die Arbeit gut von der Hand. Die Jungen putzten die Pferde nach dem Tränken, brachten in Eimern Hafer und gaben Heu in die Krippen. Er packte sogleich mit an. Flink fuhr er mit dem Striegel über die straffen, kräftigen Rücken und die Weichen seiner Pferde und lief nach Hafer. Und ständig fühlte er das Tuch in der Brusttasche seines umgearbeiteten Soldatenhemdes. Als brenne dort ein unsichtbares Feuer. Das machte ihn froh und erregte ihn. Froh war er, weil Myrsagül seine Liebe erwiderte, und erregt, weil es der Beginn war von etwas Unbekanntem. Dann lief er nach Heu zu dem Luzerneschober hinterm Stall. Hier war es still und sonnig, es roch würzig nach trockenen Gräsern. Unbedingt wollte er sich noch mal das Tuch ansehen. Er zog es aus der Tasche, versenkte sich in seinen Anblick, und in das Kräuteraroma mengte sich der Duft des Tüchleins – wie nach guter Seife. In der Schule hatte er einmal bemerkt, wie ihr Haar duftete. Eben daran fühlte er sich jetzt erinnert. So stand er da, allein mit seinem Tuch. Plötzlich entriß es ihm jemand. Er sah sich um – Anatai!
»Ha, kriegst schon Tücher von ihr!«
Sultanmurat wurde puterrot.
»Gib's her!«
»Immer langsam. Erst seh ich's mir mal an.«
»Und ich sag dir – gib's her!«
»Brüll nicht so, kriegst es schon. So'n Wertobjekt!«
»Her damit – aber sofort!«

»Schrei nur noch lauter! Plärr, man hat dir ein Souvenirtuch geklaut!« Anatai steckte es ein.
Was weiter geschah, wußte Sultanmurat später nicht mehr. Vor ihm war das wütende, schreckverzerrte Gesicht Anatais aufgetaucht, noch einmal hatte er mit aller Kraft zugeschlagen, dann war er von einem heftigen Stoß in den Unterleib beiseite geflogen. Hatte sich im Fallen zuammengekrümmt, war aber sofort wieder auf die Beine gesprungen und hinterm Schober hervor mit noch größerem Haß und Grimm auf den Schurken Anatai losgegangen. Die andern Jungen kamen angerannt. Ein Gerangel begann. Zu dritt versuchten sie, die beiden zu trennen. Sie baten, flehten, hängten sich ihnen an die Arme, aber die stürzten jedesmal neu aufeinander los und lieferten sich einen erbitterten, erbarmungslosen Kampf. »Her damit, her damit!« verlangte Sultanmurat in einem fort, denn er begriff, daß es nur eins geben konnte: Sterben oder das Tuch zurückerobern. Anatai war stämmig und kräftig, er schlug kaltblütig zu, auf Sultanmurats Seite aber waren Überzeugung und Recht. Und so griff er bedenkenlos immer wieder an, obwohl er oft zu Boden gehen mußte. Zuletzt fiel er auf eine Heugabel, die beim Schober lag. Da faßten seine Hände von selber zu. Mit gesenkten Gabelzinken sprang er hoch. Die Jungen schrien auf und stoben nach allen Seiten davon.
»Halt!«
»Laß das!«
»Sei vernünftig!«
Anatai stand keuchend vor ihm, Arme und Beine ge-

spreizt, spähte nach einer Fluchtmöglichkeit, aber da gab es kein Entrinnen. Auf der einen Seite der Schober, auf der andern die Wand vom Pferdestall. In diesen Augenblicken gewann Sultanmurat Kaltblütigkeit. Er wußte, es war das Äußerste, aber einen zweiten Ausweg gab es nicht. »Gib her!« sagte er zu Anatai. »Sonst geht's dir schlecht!«

»Bitte sehr! Da!« sprudelte Anatai hervor, bemüht, alles in einen Spaß umzumünzen. »Du bist mir einer. Verstehst keinen Jux. Dämlack!« Er warf ihm das Tüchlein zu.

Sultanmurat steckte es in seine Brusttasche. Der Schrecken wich. Erleichtert atmeten die Jungen auf und schnatterten los. Erst jetzt bemerkte Sultanmurat, wie sein Kopf dröhnte, Hände und Füße zitterten. Er spuckte Blut von seiner zerschlagenen Lippe, taumelte wie ein Betrunkener hinter den Schober, ließ sich rücklings aufs Heu fallen und verschnaufte, sammelte sich wieder.

8

Gegen Abend hatte er sich mit Anatai noch nicht ausgesöhnt, aber die gemeinsame Arbeit zwang sie, einander entgegenzukommen. Dennoch blieb ein Rest Unbehagen – es war doch beschämend, daß alles so kommen mußte. Immerhin begriff Sultanmurat, er hatte eine schwerwiegende Prüfung bestanden – wäre

er kleinmütig geworden, hätte er die Selbstachtung verloren. Und wer die verwirkt, taugt nicht zum Kommandeur.
Davon überzeugte er sich noch am selben Tag, als der Vorsitzende Tynalijew und der Brigadier Tschekisch abends auf den Pferdehof kamen. Ihre Gäule waren erschöpft vom weiten Weg und verdreckt. Im Morgengrauen waren Tynalijew und der alte Tschekisch in die Aksaier Gemarkung geritten, und nun kehrten sie zufrieden zurück. In ein paar Tagen konnte es losgehen nach Aksai. Die Steppe begann zu atmen. Geeignetes Land gab es zur Genüge. Heute hatten sie die Schläge eingeteilt. Den Standort fürs Feldlager ausgesucht. Blieb nur noch, sich dort niederzulassen und in Angriff zu nehmen, worauf sie sich den ganzen Winter über vorbereitet hatten.
»Na, Jungs?« wandte sich Tynalijew an sie. »Wie ist die Stimmung? Was habt ihr für Vorschläge oder Beschwerden? Sagt alles frei heraus! Sonst bereut ihr's, wenn ihr schon weit weg seid vom Ail.«
Die Jungen schwiegen, es gab wohl nichts, was unverzügliche Maßnahmen verlangte, dennoch scheute sich jeder vor dem letzten Wort, sie fürchteten die Verantwortung.
»Wir haben ja einen Kommandeur«, meinte Ergesch. »Der weiß alles, soll er antworten.«
Da sagte Sultanmurat, einstweilen gebe es weder Mängel noch Wünsche, alles sei bedacht, das Schuhwerk repariert, die Kleidung geflickt, zudecken würden sie sich mit Pelzen, kurz – sie selbst, die Pflüge

und Pferde seien bereit, an die Arbeit zu gehen, sobald der Boden aufgetaut sei. Dann erörterten sie verschiedenes andere – wie's um den Koch stand, das Heizmaterial, die Jurte – und kamen zu dem Schluß, in drei, vier Tagen sei es Zeit, aufs Feld zu fahren, falls das Wetter ihnen keinen Strich durch die Rechnung machte, kein neuer Schnee fiel.

Das Wetter blieb gut, wohl war der Himmel bedeckt, aber durch große Wolkenfenster lugte ab und an die Sonne, der Boden dampfte, es roch nach feuchter, abtauender Erde.

Und immer näher rückten jene Tage. Bald mußte es soweit sein. Trotz aller Vorbereitung – unmittelbar vor dem Aufbruch kam doch noch eine Menge kleiner Unzulänglichkeiten ans Tageslicht. So brauchten sie zwei neue Pferdedecken; die sie besaßen, waren uralt und zerlöchert, was wollten sie damit in Aksai! Die Vorfrühlingsnächte sind kalt, fast winterlich, besonders zu Beginn der Feldarbeit. Tschekisch sagte, früher, mit dem Hakenpflug, hätten sie die ersten Tage manchmal bis mittags gewartet, bis die Erde nach den Nachtfrösten auftaute. Ein durchfrorenes Pferd aber, das die Nacht unbedeckt gestanden hat, taugt nicht mehr als Zugvieh.

Das gab viel Rennerei für Sultanmurat – ins Büro, zum Vorsitzenden, zum Brigadier, aber schließlich gelang es doch, im Ail zwei solide Pferdedecken für den Kolchos zu kaufen.

Und bei all diesen Laufereien und Sorgen wartete er täglich sehnsüchtig auf das Pferdetränken. Er wollte

Myrsagül wiedersehen vor dem Aufbruch, wollte ihr begegnen wie damals – am Flußübergang. Doch jedesmal zerschlug sich seine Hoffnung. Sultanmurat wurde ungeduldig, ihm blieb keine Zeit zum Warten. Ständig hatte er das Empfinden, zwischen ihnen sei noch etwas ungeklärt, unausgesprochen, ihn quälte ein vages Schuldgefühl, weil ihr letztes Treffen vor dem Ritt nach Aksai vielleicht nicht zustande kam. Er wußte, auch Myrsagül dachte an ihn, das hatte damals schon ihr erster Blick verraten, als er in ihr gleichsam sich selbst erkannte. Und doch fiel ihm nicht einmal im Traum ein, sie könne von sich aus eine Begegnung mit ihm suchen. Ihr Mädchenstolz und ihre Ehre würden das nie gestatten. Myrsagül hatte ihr Wort gesprochen, sie hatte ihm ihr gesticktes Tüchlein überreicht, alles Weitere war des Mannes, war seine Sache.

Natürlich rechnete er dennoch fest damit, ihr wieder zu begegnen, aber da geschah ein neues Unglück. Am letzten Tag vor ihrem Aufbruch, als sie die Pferde das letztemal zur Tränke führen wollten – danach wollte Sultanmurat auf Myrsagül warten –, kam ihnen am Stalltor der Brigadier Tschekisch entgegen. Er sah finster drein und mürrisch. Sein rötlicher Bart war zerzaust, die Mütze auf die Augen gerutscht.

»Wo wollt ihr hin?«

»Die Pferde tränken.«

»Wartet mal. Du, Anatai, geh nach Hause. Deine Mutter ist krank. Beeil dich! Fix! Sitz ab. Und ihr, Jungs, schnell hin zur Tränke und wieder zurück. Trödelt nicht, ich warte hier auf euch!« Den ganzen Weg über, während sie die Pferde zum Fluß trieben, beobachtete Sultanmurat die Straße, und auch auf dem Rückweg blickte er sich ständig um. Keine Spur von Myrsagül. Es war noch zu früh, sie konnte noch nicht aus der Schule kommen. Warum nur hatte der alte Tschekisch so gedrängt? Was war geschehen? Diesmal hätte er Myrsagül bestimmt abgepaßt! Wie gern hätte er sie dort an der Furt wiedergesehen.

Als sie auf den Hof zurückgekehrt waren und die Pferde an ihre Plätze geführt hatten, rief der alte Tschekisch die vier beiseite.

»Ich hab mit euch zu reden«, knurrte er.

Auf sein Geheiß hockten sie sich hin, die Rücken an der Mauer. Der Vorsitzende Tynalijew sprach gern im Stehen, stand selber und wollte, daß die Leute vor ihm standen; ganz anders der Brigadier Tschekisch – der zog ein gemächliches Gespräch vor, im Sitzen. Na ja, ein alter Mann.

Als sie saßen, begann Tschekisch, mit düsterer Miene den wirren roten Bart streichelnd: »Was ich euch sagen will, Dshigiten, ihr seid keine kleinen Kinder mehr. Müßt früh die Bitternis des Lebens kosten. Durchs Feuer gehen, in Eiseskälte schlafen. Das ist nun mal euer Los. Heute hat wieder einer von euch großes Leid erfahren – Anatais Vater, Saturkul, ist an der Front gefallen. Ihr seid schon groß genug – trifft den einen ein Unglück, muß der andere ihm Stütze sein. Ihr werdet die Trauergäste empfangen und verabschieden. Werdet euch um die Pferde kümmern. Gleich wird sich viel Volk vorm Haus des gefallenen

Saturkul einfinden, auch ihr müßt hingehen. Plärrt nicht in Anatais Beisein wie kleine Gören; wenn ihr schon weinen müßt, dann weint laut wie Männer, damit jeder sieht, hier klagen aufrichtige Freunde Anatais. Ihr kommt mit mir, deshalb hab ich euch so zur Eile getrieben.«

Im Gänsemarsch folgten sie dem Pfad zu Anatais Haus am Ende der Straße. In ebensolch schweigsamen kleinen Grüppchen strömte das Volk von allen Seiten zu Fuß und zu Pferde dorthin.

Das Wetter war wechselhaft. Bald brach die Sonne durch, bald bezog sich der Himmel, dann wieder fegte ein frischer Nordwind über den Boden, durchdrang eisig die Unterschenkel. Schweren Herzens, vor Angst und Mitgefühl vergehend, näherte sich Sultanmurat Anatais Haus. Ihm graute, denn jeden Augenblick mußte im Ail, wie eine Feuerlohe über den Dächern, ein gewaltiges Wehklagen emporschlagen; wieder würde ein Mann, geboren und aufgewachsen unter diesen vertrauten Bergen, nicht aus dem Krieg heimkehren, keiner würde ihn je wiedersehen. Was aber mochte mit dem Vater sein? Noch immer kam kein Brief, kein Lebenszeichen. Warum bloß? Die Mutter war vor Angst schon wie von Sinnen. Nur das nicht, nur nicht das!

Das Gehöft lag bereits vor ihnen, als in Anatais Haus ein markerschütternder Schrei aufgellte, der sich vielstimmig nach draußen fortpflanzte. Wehklagen überflutete den Hof und die Straße, wo sich das Volk drängte.

Hinter Tschekisch her laufend, brachen die Jungen einmütig in lautes Jammern und Wehklagen aus, wie Tschekisch es sie gelehrt hatte: »Oh, Vater Saturkul, unser edler Vater Saturkul, wo werden wir dich wiedersehen? Wo hast du dein hehres Haupt zur Ruhe gebettet?«
In diesem Augenblick des gemeinsamen Leids war Anatais Vater Saturkul in der Tat ihr leiblicher Vater und wahrhaftig edel, wird doch die Größe eines jeden Menschen von seinen Nächsten erst erkannt, wenn sie ihn verloren haben. So war es, und so wird es immer sein.
»Oh, Vater Satarkul, unser edler Vater Satarkul, wo werden wir dich wiedersehen? Wo hast du dein hehres Haupt zur Ruhe gebettet?«
Mit diesen Worten der Klage folgte die Luftlandetruppe Tschekisch durch die Menge; und als sie den Hof betraten, erblickten sie an der Tür Anatai. Kummer beugt den Menschen. Anatai, der älteste von ihnen, stark und ungebärdig, wirkte jetzt wie ein hilfloser kleiner Junge. Niedergedrückt von dem Unglück, das über ihn hereingebrochen war, schluchzte er zum Steinerweichen, kindlich, an die Wand gepreßt wie ein Fohlen bei Unwetter. Sein Gesicht war tränenverquollen. Und neben ihm wimmerten laut die jüngeren Brüder und Schwestern.
Die Freunde traten zu Anatai. Als er sie erblickte, weinte er noch mehr, als klage er ihnen sein Leid, sein Unglück, das ihn vor aller Augen getroffen hatte. Darin lag die Bitte, ihn zu schützen, ihm beizustehen.

Diese Hilflosigkeit Anatais erschütterte Sultanmurat am meisten. Verwirrt traten die Jungen von einem Bein aufs andere, wußten nicht, was sie tun, wie sie dem Kameraden beistehen konnten. Nichts, so schien es, vermochte ihn zu trösten. Keiner ahnte, daß Sultanmurat soeben aus dem Hof gerannt war, eine MPi in der Hand, und geradewegs, ohne zu verschnaufen, dorthin stürmte, wo der Krieg tobte; brüllend vor Wut und Zorn, weinend und schreiend, mähte er die Gegner nieder mit Feuerstößen, mit Feuerstößen noch und noch, mit nicht verstummenden Feuerstößen, Vergeltung zu üben für den gefallenen Vater seines Freundes Anatai, für die Leiden und Nöte, die sie dem Ail gebracht.

Ein Jammer, daß er keine MPi besaß!

Da sagte Sultanmurat zu Anatai (schließlich war er der Kommandeur der Truppe): »Wein nicht, Anatai. Was soll man da machen? Auch Erkinbeks und Kubatkuls Väter sind gefallen. Weißt du ja. Und von meinem Vater haben wir schon ewig keine Nachricht. Ist eben Krieg. Siehst du selber. Sag nur, wie wir helfen können, Anatai. Sag, was wir tun sollen, damit dir leichter wird.«

Doch Anatai, mit krampfhaft zuckenden Schultern an die Wand gepreßt, brachte keinen Ton heraus. Sultanmurats Worte hatten ihn nicht getröstet, im Gegenteil, sie wühlten ihn noch mehr auf, er würgte an Tränen, lief blau an im Gesicht. Sultanmurat brachte ihm einen Krug Wasser.

Von diesem Moment an fühlte er sich verantwortlich

für alles, was hier geschah. Er begriff, daß sie handeln, den Menschen helfen mußten. Zu viert schleppten sie Wasser aus dem Fluß, hackten Holz, heizten die von Nachbarn geliehenen Samoware an, empfingen und verabschiedeten die Gäste, hielten Alten die Steigbügel.

Das Volk aber strömte ohne Ende. Die einen kamen, der Familie des Gefallenen ihr Beileid zu bekunden, die andern gingen, sobald sie ihrer Pflicht nachgekommen waren. Die Jungen blieben den ganzen Tag auf Anatais Hof.

Die schwersten Minuten erlebte Sultanmurat, als die Lehrerin Inkamal-apai mit den Mädchen der Klasse sieben kam, unter ihnen Myrsagül. So verzweifelt weinte Inkamal-apai, als sie Anatai umarmte, daß allen Tränen in die Augen traten. Was ihr die berühmte Kartenlegerin über ihren Sohn gesagt hatte, traf nicht ein, und sie glaubte ja auch nicht daran. So quälte sie ein beunruhigendes Vorgefühl, und sie ließ ihren Tränen freien Lauf, um ihr Herz zu erleichtern. Auch die Mädchen rund um die Lehrerin weinten; Myrsagül aber stand mit gesenktem Kopf, schluchzte lautlos, dachte vielleicht an Vater und Bruder und blickte kein einziges Mal zu ihm hin. Selbst in ihrem Mitgefühl und in ihrem Schmerz war sie die Schönste. Sie tat ihm unendlich leid, und zugleich war er stolz auf sie. Zu gern wäre er zu ihr getreten, hätte sie umarmt und mit ihr geweint, um seinen Kummer mit dem ihren zu vereinen.

... Ach, Myrsagül, ach, Myrsagül-bijke, ich bin ein

grauer Tauber am blauen Himmelszelt, und du, mein kleines Täubchen, fliegst mit mir Seit an Seit ...

Später, als im Hof das Gebet erscholl und alle verstummten, jeder in sich selbst versunken und den Blick auf die vor dem Gesicht geöffneten Hände gerichtet, als lese er im Buch des Lebens, als sie den feierlichen und getragenen Worten lauschten, die vor einem Jahrtausend aus dem fernen Arabien hierher gedrungen waren, von der Ewigkeit der Welt kündeten in Geburt und Tod und diesmal dem im Krieg gefallenen Vater Anatais, Satarkul, galten – auch da, mitten im Gebet, über die Hände hinwegblickend, betrachtete Sultanmurat sie. In Andacht versunken wie alle hier, war die junge Myrsagül wunderschön. Tiefe Versonnenheit lag auf ihrem Gesicht. Doch sie sah ihn nicht an.

Sie ging auch, ohne ein Wort mit ihm gewechselt zu haben, streifte ihn nur mit traurigen Augen, bevor sie aufbrach, und nickte ihm zu. Ach, Myrsagül, ach, Myrsagül-bijke ...

Das Wehklagen im Haus des verstorbenen Satarkul verebbte allmählich. Ernüchternde graue Stille trat ein, der Beginn eines Sichabfindens mit dem Verlust.

Weinen ist Protest, Empörung, Ablehnung; viel schrecklicher ist die Einsicht in das Unabänderliche des Geschehens. Gerade dann befallen den Menschen düstere Gedanken.

Anatai saß an der Wand, den Kopf tief gesenkt. Sultanmurat scheute sich, ihn anzusehen. Der freche, starke, böse Anatai war vom Unglück zerschmettert.

Würde er doch lieber schreien, jammern, seine Kleidung zerreißen, toben!
Sultanmurat wußte nicht, wie er den Kameraden dieser schmerzlichen, ausweglosen Einsamkeit entreißen konnte. Aber helfen mußte er ihm, unter allen Umständen mußte er Anatai bewußtmachen, daß er nicht allein war, daß er Menschen zur Seite hatte, bereit, für ihn in den Tod zu gehen.
»Komm, Anatai, ich möchte dich mal unter vier Augen sprechen«, sagte Sultanmurat.
Anatai erhob sich, und sie verschwanden hinterm Haus.
»Glaub nur nicht . . .«, begann Sultanmurat mit bebender Stimme, mühsam die Worte wägend, »ich . . . Wenn du willst, geb ich dir das Tuch für immer.«
Anatai lächelte traurig.
»Aber nein, Sultanmurat! Laß doch«, erwiderte er. »Es ist deins, du mußt es behalten. Ich aber . . . Verzeih, daß ich damals . . . entschuldige, vergiß es. So was mach ich nie wieder. Sultan. Ich brauche nichts mehr . . . Mein Vater, er war . . . Wir haben so gewartet . . .« Schluckend und an seinen Tränen würgend, schluchzte Anatai erneut auf.
Nun weinten sie beide, Kinder der Zeit, in der sie lebten und heranwuchsen.

9

Den dritten Tag schon furchten ihre Pflüge das Aksaier Land. Den dritten Tag lenkten die Pflüger unter anfeuernden Zurufen unermüdlich die Pferde. Und längs des Hangs wölbte sich als tiefbrauner Streifen der frischumgebrochene erste Schlag der Aksaier Luftlandetruppe. Ihr Werk war nicht zu übersehen, eine Freude fürs Auge. Nur vom Wetter hing es jetzt ab, wie sie weiter vorankämen.

Hier, in diesem unermeßlichen Vorgebirgsland zu Füßen des Großen Manas-Kammes, herrschte seit Urzeiten absolute Stille. Hier begann die Aksaier Steppe, und sie erstreckte sich bis in die Tschimkenter und Taschkenter Dürregebiete.

In dieser unberührten Weite nahmen sich die Gespanne aus wie winzige Käfer, die über einen Erdbukkel kriechen und dabei eine lange, krümelige Spur hinter sich zurücklassen.

Einstweilen arbeiteten sie mit drei Pflügen. Ergesch und Kubatkul hatte man noch für einige Tage im Ail zurückgehalten – sie sollten beim Eggen der Wintersaat helfen, damit das Erdreich die Feuchtigkeit einsog. Eine notwendige und dringende Arbeit, gewiß, aber auch in Aksai stand die Zeit nicht still: Wollte man rechtzeitig die vorgesehene Flur bestellen, mußte die ganze Luftlandetruppe von früh bis spät hinterm Pflug gehen, sonst schafften sie es nicht, und alle Mühe wäre vergebens. Sultanmurat sorgte sich, wartete von Tag zu Tag auf die Ankunft der fehlenden zwei Gespanne. Versprochen hatten sie es ihm, deswegen zankte er sich sogar mit dem Brigadier Tschekisch. Und nicht zum Spaß. »Bestellen Sie, Aksakal«, sagte er, »der Vorsitzende Tynalijew soll kommen und selber urteilen. Mit drei Pflügen richten wir hier nichts aus. Erfüllen nicht unsern Auftrag!«

Und der alte Tschekisch? Der raufte sich das Haar. Und Sultanmurat begriff, wie schwer es ein kluger, sachkundiger Brigadier im Kolchos hat. Alles möchte er sinnvoll, rechtzeitig, der Reihe nach erledigen, aber überall brennt es, als stünde er inmitten einer Feuersbrunst, bis zum Frühjahr soll dies und jenes getan sein, dutzenderlei, aber die Kräfte reichen nicht, die Leute, die Verpflegung. Stopft man ein Loch, reißt man ein anderes auf. Da saß er nun gestern hier, voll schwerer Gedanken. Der Ail hungerte. Die Vorräte gingen zur Neige, bis zur neuen Ernte war es noch weit. Das Vieh bestand nur noch aus Haut und Knochen, war dem Hungertod nahe. Schlachten hätte keinen Sinn. Um ein Kilo Fleisch für einen Kranken aufzutreiben, fuhren die Leute auf den Basar. Ein Kilo Fleisch kostete jetzt so viel wie früher ein ganzes geschlachtetes Tier. Aber sie fuhren. Gingen sogar zu Fuß – dreißig, vierzig Kilometer weit. Die Reitpferde schleppten kaum noch die Beine. Ritt man hin, lief man Gefahr, selber draufzugehen. Gerade, daß man das Zugvieh auffüttern konnte zur Aussaat. Die Zugpferde waren gut instand, aber bestimmt nicht für lange bei dieser Belastung.

Vergegenwärtigte man sich all dies, packte einen das

Grauen. Das größte Unglück aber war der Krieg, und ein Ende war nicht abzusehen.
Der Morgen heute verhieß freundliches Wetter. Es war zwar bewölkt, doch brach über den Bergen etliche Male die Sonne durch, der Himmel klarte auf und bezog sich wieder.
Gegen Mittag kühlte es plötzlich schroff ab, und rundum wurde es finster. Irgendwas braute sich zusammen – Schnee oder Regen. Der Tag wurde fast zur Nacht. Nach dem Mittagessen nahmen die Pflüger Säcke mit aufs Feld, um vor dem Regen oder Schnee die Köpfe zu schützen.
Sie schritten längs des schon begonnenen Schlags, die Schollen nach innen aufwerfend. Voran Sultanmurat, zweihundert Schritt weiter Anatai, und als letzter, fast eine halbe Werst entfernt, Erkinbek. Heute waren die Pflüger allein auf dem Feld. Drei Pflüger und vor ihnen die gewaltigen Berge. Drei Pflüger und im Rücken die grenzenlose Steppe. Der Vorsitzende Tynalijew hatte nur zu Beginn dabeisein können. Er steckte bis zum Hals in Arbeit, war davongesprengt und hatte dem Brigadier Tschekisch aufgetragen, hier nach dem Rechten zusehen. Heute war auch Tschekisch in den Ail geritten, um die dort verbliebenen Gespanne von Ergesch und Kubatkul anzufordern. So kam es, daß die Pflüger am dritten Tag sich selber überlassen blieben – allein mit den Pflügen, den Pferden, dem Land, das sie pflügen sollten, damit hier eine Ernte heranreifte und die Menschen satt würden.
Der Acker lag entfernt vom Feldlager, von der Jurte, in

der sie schliefen, von dem Kleeheuschober, den Hafersäcken, von alldem, was sie jetzt Zuhause nannten. Im Lager war nur die alte Köchin zurückgeblieben. Sie murrte und klagte, daß der Brennstoff naß sei, daß dies fehle und jenes, statt daß sie beizeiten das Essen kochte. Ein Stück Fladen und eine heiße Suppe – mehr verlangte ja keiner draußen. Sie aber brummte unentwegt und verwünschte das Leben, als machte ihr jemand Vorwürfe. Im Ail kannte sie niemand so recht. Sie war zugewandert. Andere Frauen konnten nicht fort von zu Haus – wegen der Kinder und der Wirtschaft, sie aber war nach Aksai mitgekommen, um sich selber mit durchzufüttern. Sollte sie sich den Bauch vollschlagen, Hauptsache, die Mahlzeiten waren pünktlich fertig. Aber nein, sie rannte unentwegt herum und kriegte doch nichts zustande. Ihr zu helfen, hatten die Jungen keine Zeit. Denn ein Pferd ist kein Auto, kein Traktor, den man einfach abstellt und Feierabend! Oder man füllt den Tank, und los geht's. Der Pflüger schindet sich auf dem Feld selber wie ein Gaul, dann füttert er, tränkt, versorgt sein Viderergespann; und erreicht er endlich die Jurte, hält er sich kaum noch auf den Beinen. Im Morgengrauen aber beginnt alles von neuem. Das frühe Aufstehen ist das schlimmste.

Die Hauptsorge des Pflügers muß sein, daß die Pflüge in Ordnung sind, daß die Pferde nicht gleich zu Beginn der Feldarbeit vom Fleisch fallen, sondern bei Kräften bleiben bis zum Ausgang des Frühlings. Das ist wichtig. Sehr wichtig. Den ersten Tag, als die Jungen angefangen hatten zu pflügen, blieben die Pferde alle zehn, zwanzig Schritt stehen, um zu verschnaufen. Sie kamen außer Puste. Die Jungen mußten die Pflugschare etwas anheben, die Tiefe der Furche verringern. Das aber war nur eine Notlösung, bis sich das Zugvieh wieder kräftig ins Zeug legte.

Heute kamen sie mit der Arbeit schon merklich besser voran. Einträchtiger zuckelten die Pferde, sie gewöhnten sich aneinander, jedes Vierergespann ging zusammengedrängt, vorgebeugt, die Hälse vor Anstrengung gereckt – wie die Wolgatreidler auf dem Bild im Lehrbuch. Schritt für Schritt, Schritt für Schritt zogen sie den Pflug, und die Schare rissen das Erdreich auf.

Das Wetter aber durchkreuzte ihre Hoffnungen. Schon roch es nach Schnee, einzelne weiße Flecken wirbelten durch die Luft. Also lag der Winter noch auf der Lauer, wollte zum Abschied noch einmal zeigen, was er konnte. Das war lästig und kam den Pflügern sehr ungelegen.

Sultanmurat hatte den Sack beizeiten über den Kopf gestülpt, aber das rettete ihn nicht vor dem Schnee. Auf dem Sattelpferd, die Peitsche überm Kopf schwingend, bot er dem Wind ständig die eine oder andere Seite. Der Schnee fiel in dichten, feuchten Flocken und taute schnell. Vor den Augen flimmerte es, alles wirbelte herum. Im Düster des Schneegestöbers verschwanden die Berge, die Welt rückte enger zusammen. Und nur die Anfeuerungsrufe der Pflüger hallten durch das Dunkel wie die Schreie von Vögeln, die ein böses Unwetter überrascht hat. Die Pflüger aber ruhten nicht. Bald tauchten ihre schwarzen Umrisse auf der Anhöhe auf wie auf einem Wellenkamm, bald verschwanden sie in der Niederung. Die Vierergespanne hastig atmender Pferde stolperten, sich dukkend, als entstiegen sie selbst der Erde. Der Schnee taute augenblicklich auf ihren heißen, angespannten Rücken, rann ihnen in Bächen die Weichen hinab. Schwer hatten es die Tiere, sehr schwer; die feuchte Erde glitschte unter ihren Hufen weg, das Geschirr war bleischwer vor Nässe, die Pflugschare blieben stecken, versackten in den klebrigen Neulandschollen. Dennoch durften sie die Pflüge nicht anhalten. Sie mußten pflügen. Morgen, wenn die Sonne herauskam, würden die Furchen durchgelüftet, und der Akker wäre fertig. Sie durften keine Zeit verlieren.

Hin und wieder blieb der Pflug stecken. Dann kletterte Sultanmurat aus dem Sattel, strich mit dem Peitschenstiel die Lehmklumpen von den Scharen, schrie Anatai und Erkinbek etwas zu, die indessen aufrückten, und wenn er ihre Antwortrufe vernommen hatte, drängte er sich erneut zwischen den feuchten Geschirren und den Gäulen zu seinem Sattelpferd durch, stieg auf, und weiter ging das Pflügen.

Der Schnee aber fiel und fiel. Die schwarzen Gespanne schwammen wie Boote durch weißen Nebel. Und durch die wirbelnde schneeige Stille, die alle Laute verschluckte, tönten allein die Zurufe der Pflüger:

»Ana-ta-ai!«

»Erkin-be-ek!«

»Sultanmura-at!«
Über Sultanmurats Gesicht rann Wasser, tauender Schnee oder Schweiß, die Hände, um die Zügel gekrampft, schwollen an, färbten sich blau vor Kälte und Nässe, die Beine schmerzten, eingezwängt zwischen die Flanken der Pferde, die sich aneinander rieben – wie gern hätte er sie da weggenommen, aber wohin? Dennoch, Sultanmurat war sich bewußt, daß hinter ihm, in seiner Spur, Anatai und Erkinbek gingen, daß sie zu dritt sechs Pflugschare führten, sechs Pflugschare, die das Aksaier Land umbrachen und die er nicht anhalten durfte mitten am Tag. Wenn nur die Pferde nicht schlappmachten! In Gedanken wandte er sich an sie und ermahnte sie: Haltet aus, ihr Nachfahren von Kambar-ata*, legt euch noch einmütiger ins Geschirr! Nicht jeder Tag wird so hart sein. Heute schneit es, morgen schon nicht mehr. Vorwärts, vorwärts, tschu, tschu! Haltet stand, ihr Nachfahren von Tscholpon-ata**, da vorn ist schon der Schlag zu Ende, gleich wenden wir, dann geht es zurück. Haltet aus, werdet nicht langsamer! Ich hab kein Recht, euch auszuspannen. Deshalb haben wir euch ja den ganzen Winter über vorbereitet. Uns bleibt keine andere Wahl. Ich jag euch über weichen und harten Boden, ihr habt's schwer, aber anders kommen wir nicht zu Brotgetreide. Der alte Tschekisch sagt, so war es, und so wird es allezeit sein. Das Brot, jedes Stückchen davon ist schweißdurchtränkt, sagt er, nur weiß das nicht

* Beschützer der Pferde
** Mythologischer Beschützer der Pferde

jeder, und nicht alle denken daran beim Essen. Wir aber brauchen dringend Brot. Dringend. Deshalb sind wir hier in Aksai. Tschabdar, du mein Bruder, mein Sattelpferd. Den Pflug ziehst du, und mich trägst du. Verzeih, daß ich auch dich peitsche. Es muß sein. Nimm's nicht krumm, Tschabdar.

Tschontoru, du gehst links auf dem Acker, hast es am schwersten, aber du bist der Stärkste nach Tschabdar. Dich, Tschontoru, hat mein Vater Bekbai gelobt. Weißt du noch? Und erinnerst du dich, wie wir zusammen in die Stadt gefahren sind?

Lange schon haben wir keine Nachricht vom Vater, das ist schlimm, ihr Pferde könnt das nicht begreifen. Wenn Menschen im Krieg lange nicht schreiben, ist es sehr schlimm. Die Mutter sieht aus wie ein Strich, ganz elend ist sie vor Sehnsucht und Sorge. Als Anatais Vater gefallen war, haben am meisten und am schmerzlichsten Inkamal-apai und die Mutter geweint. Sie wissen etwas, etwas Ungutes, aber sie sprechen nicht darüber. Etwas wissen sie ... Tschu, tschu, Tschontoru, ich erlaub dir nicht aufzugeben. Vorwärts, Tschontoru! Halt die Ohren steif!

Auch du, Weißschwanz, bist mein Bruder. Du gehst rechts von mir im Gespann. Du mußt tüchtig ziehen, Tschabdar und du, ihr seid die Mittelpferde. Ein schönes Tier bist du, hast einen ungewöhnlich weißen Schwanz. Aber du darfst nicht aufgeben, darfst den Mut nicht verlieren. Ich laß nicht zu, daß du müde wirst. Tschu, tschu, Weißschwanz! Enttäusch mich nicht!

Brauner, mein Bruder, du bist ein schlichtes und gutes Pferd. Als ich dich für mein Gespann wählte, habe ich viel Hoffnung auf dich gesetzt. Du bist ein Arbeitstier und hast keine Mucken. Auch dich achte ich sehr. Du gehst am Rand, bist weithin zu sehen. Nach dir urteilt man, wie's um uns steht, Brauner, mein Bruder. Ich werde dich nicht benachteiligen, aber zieh nur, zieh, gib nicht auf. Ich versprech dir: Auch wenn wir fertig sind in Aksai mit Pflügen und Säen und in den Ail zurückkehren, auch dann laß ich dich an der Seite gehen, damit alle dich sehen. Und dann fahren wir an ihrem Haus vorbei, und wenn sie auf die Straße hinausläuft, sieht sie als erstes dich, Brauner, mein Bruder. Ich konnte sie vor unserer Abreise nicht mehr treffen. Ihr Tüchlein trag ich bei mir, allezeit. Vor Schnee und Regen geschützt. An sie denke ich immerzu. Ich kann nicht anders. Sonst würde alles öde um mich, und das Leben machte mir keine Freude mehr.
Tschu, tschu, ihr Nachfahren von Kambar-ata! Legt euch tüchtig ins Geschirr, vorwärts, vorwärts! Tschu! Tschu! Wie endlos es doch schneit! Und der Schnee ist so feucht. Von Kopf bis Fuß sind wir schon durchnäßt. Dazu der Wind. Hoffentlich war unsere Köchin so gescheit und hat das Heu abgedeckt mit den Pferdedekken. Wenn nicht, wird das Heu naß und verdirbt. Womit sollen wir euch dann füttern, ihr zwölf Pferdemäuler? Heute früh, vor dem Ausrücken, hätte ich es ihr sagen sollen, hab's vergessen, dachte nicht, daß es schneien könnte.
Eine seltsame Alte ist das, mit Gieraugen. Lobt unsre

Pferde über den grünen Klee, kann sich nicht satt sehen an ihnen. Solche kräftigen Tiere, sagt sie, und so gut genährt. Fett haben die zwei Fingerbreit an den Weichen, sagt sie. Früher, meint sie, schlachtete man solche Gäule zu großen Gedenkfeiern. Zum Platzen, sagt sie, aß man sich damals satt an Fleisch. Während das Pferdefleisch in Vierzigeimerkesseln kochte, schöpfte man das Fett, den Sardep – schon dieser Name! – mit einer großen Kelle von oben ab und brachte es den Kranken. Gibt man denen, sagt sie, solches Fett zu trinken, dann kommen sie im Nu wieder auf die Beine. Immerfort geht ihr nur das Fett im Kopf herum, diesem Gierrachen. Wenn sie nur die Pferde nicht verhext! Ach, hol sie der Kuckuck! In der Schule sagen sie, das ist alles Aberglaube – böser Blick und so. Soll sie ruhig dummes Zeug schwatzen, hauptsache, das Essen ist zur Zeit fertig. Gestern hat sie uns ja alle verblüfft – kocht Fleisch von einer Bergziege! War ein klapperdürres Vieh, aber immerhin. Jäger von den Bergen seien vorbeigekommen, sagt sie, zwei Mann, die haben den Lichtschein in der Jurte gesehen, sind eingekehrt und haben dann einen Teil ihrer Beute dagelassen. Dank den Jägern, die wissen also, was Brauch ist hierzulande. Wollen auch ein andermal erfolgreich sein bei der Jagd, da haben sie dem ersten, der ihnen begegnete, überlassen, was ihm von der Beute zukommt. Und natürlich waren wir die ersten auf ihrem Weg, wenn sie von den Bergen kamen, ist ja sonst niemand weit und breit. Ob einer in die Berge reitet oder in die Steppe – hier trifft er keine Men-

schenseele. Und es schneit und schneit. Ununterbrochen. Wir sind am Ende mit unserer Kraft.
Die Pferde blieben stehen, völlig erschöpft. Sultanmurat kletterte aus dem Sattel, er hatte Mühe, sich auf den geschwollenen, gequetschten Beinen zu halten, und humpelte taumelnd, wie betrunken, um das Gespann. Der Anblick der schaumbedeckten, zitternden, von den Ohren bis zu den Hufen nassen, abgehetzt keuchenden Pferde traf ihn so schmerzlich, war so unerträglich, daß er vor Mitgefühl aufstöhnte.
Der Schnee aber fiel und taute, fiel und taute auf den dampfenden Pferderücken. Sultanmurat warf den durchnäßten, schweren Sack vom Kopf, lockerte mit ungefügen, steifen Fingern die Geschirriemen, dann aber verlor er die Fassung, weinte laut auf, umfaßte Tschabdars Hals und flüsterte unter Tränen: »Verzeiht mir, verzeiht!« Auf den Lippen spürte er den heißen, leicht bitteren Geschmack von Pferdeschweiß.
»He, Sultanmurat! Was hast du?« drang die Stimme von Anatai zu ihm, der sich näherte.
»Spann aus!« schrie Sultanmurat.

10

Der nächste Morgen war klar und wolkenlos. Keine Spur mehr vom Unwetter des Vortags. Nur Feuchtigkeit und belebende Kühle, nur ein rötlicher Anflug über dem Land und eine neue Schneedecke auf den

Bergen. Die Frühsonne rollte hinterm Gebirge hervor und präsentierte sich der Welt im sieghaften, den halben Himmel überflutenden Morgenrot des Frühlingssonnenaufgangs. Das grenzenlose Aksaier Land mit seinen Schluchten, Ebenen, Hügeln und Niederungen bot eine ungewöhnliche Fernsicht. Dafür schienen die Berge des Großen Manas-Kammes, an deren Fuß die Jungen geboren und aufgewachsen waren, nachtsüber näher gerückt – unwahrscheinlich, aber sie hatten in der Nacht einen Schritt auf Aksai zu getan, damit die Pflüger morgens beim Erwachen ihre Erhabenheit bewundern konnten, ihre Schönheit und Macht.

Nah und fern, zum Greifen nah und doch unzugänglich leuchteten bei Sonnenaufgang die Bergketten.

Ja, großartig war der Morgen an jenem Tag in Aksai. Mit dem Aufbruch aufs Feld ließen sie sich Zeit, erst sollte der Wind den Boden trockenfegen.

Indes striegelten sie die Pferde und brachten das Geschirr wieder in Ordnung, schütteten den naß gewordenen Hafer um. Die Sonne wärmte rasch. Da begaben sie sich zu den Pflügen. Jeder mit seinem Gespann. Die Pflüge waren in den Furchen vom Vortag versackt. Gemeinsam zerrten sie jeden Pflug heraus, reinigten die Schare, schmierten die Räder. Dann spannten sie die Pferde an mit der festen Absicht, den Schlag bis zum Abend zu bezwingen, um morgen einen neuen in Angriff zu nehmen. Die Arbeit ging gut voran. Die über Nacht ausgeruhten und am Morgen gutgefütterten Pferde legten sich wacker ins Zeug. Sie hatten sich jetzt offensichtlich an die Arbeit gewöhnt, ans saure

Joch des Pflügens. Und daß die Jungen gestern trotz des Schneetreibens gepflügt hatten, erwies sich als richtig – der Boden war vom Wind getrocknet, die im Schnee umgebrochenen Erdschollen waren unter den Sonnenstrahlen in lockere Krume zerfallen. Weder »klobig« noch »klumpig«. Sie hatten gute Arbeit geleistet.

Der Tag war erfolgreich gewesen. Mitunter klappt eben alles, ist das Leben faßbar, schön und einfach. Nicht vergebens hatten sie sich den ganzen Winter über vorbereitet, abgeplagt, hatten sie dieser Aufgabe zuliebe die Schule versäumt; die Aksaier Truppe brachte etwas zuwege, die Pflüge ruhten nicht, heute noch mußten Ergesch und Kubatkul eintreffen. Dann hatten sie fünf Pflüge, zehn Pflugschare. Später würden sie säen, die Felder eggen – wenn das keine Ernte gab! Sommergetreide ist durchaus nicht schlecht. Der Brigadier Tschekisch sagt, es bringe weniger Ertrag, gebe aber ein äußerst schmackhaftes Brot. Die Arbeit wird sich bezahlt machen. Es wird regnen. Wie sollte der Regen auch ausbleiben, wenn sie so schufteten, damit dieses Brot keinem im Hals steckenblieb, sondern reifte für glückliche Tage.

So zogen sie über den Schlag. Vorneweg Sultanmurat, etwa zweihundert Schritt hinter ihm Anatai und fast eine halbe Werst weiter Erkinbek.

Die Sonne wärmte immer mehr. Vor ihren Augen überzogen sich die Steppenhügel mit einem Anflug von Grün. Es war wie im Märchen: Ritt man ans eine Ende, grünte es rechts, ritt man ans andere, grünte es

links. Feucht atmete die Erde, mit frischem Atem. Die Pflüger aber gingen über das Land, und zurück blieben die Kämme neuer Furchen.
Eine Lerche flatterte auf. Sie sang, schlug ganz in der Nähe, ihr antwortete hier eine zweite, dort eine dritte. Sultanmurat lächelte. Sie singen zu ihrem Vergnügen, haben weder ein Dach überm Kopf noch ein Blatt oder einen Zweig, leben in der kahlen Steppe, so gut sie es verstehen. Und sind zufrieden. Freuen sich am Frühling und an der Sonne. Wo aber waren sie gestern, wie haben sie das Unwetter überstanden? Na, das ist vorüber.
Jetzt läßt sich der Frühling nicht mehr unterkriegen. Und Arbeit gibt's genug, das hier ist erst der Anfang. Na und? Wenn heute Ergesch und Kubatkul eintreffen, legt sich die ganze Truppe so ins Zeug, daß die Arbeit nur so flutscht.
Während Sultanmurat sein Gespann antrieb, bemerkte er einen Reiter seitab. Er ritt in einiger Entfernung vom Acker, blickte bisweilen zu ihnen hinüber, hielt aber auf die Berge zu. Über der Schulter trug er ein Gewehr. Er hatte eine zottige Wintermütze auf. Und saß auf einem stämmigen, gut zugerittenen Fuchs. Auch die anderen Jungen hatten ihn bemerkt. Sie schrien: »He, Jäger, komm doch mal her.«
Der Mann reagierte nicht. Er ritt an ihnen vorüber, ohne sich zu nähern, blickte nur unentwegt in ihre Richtung. Sultanmurat freute sich über sein Erscheinen, er brachte sein Pferd zum Stehen, richtete sich in den Steigbügeln auf und schrie ihm zu: »He, Jäger,

danke für die Schiralga, den Beuteanteil! Danke, sag ich! Schönen Dank für die Schiralga!«

Der aber blieb stumm. Er schien weder zu hören noch zu begreifen, wovon die Rede war. Bald verschwand er hinter den Hügeln. Er hatte wohl keine Zeit, sicher riefen ihn dringende Geschäfte. Etwa eine halbe Stunde darauf erschien ein zweiter Jäger. Auch er ritt auf die Berge zu und trug ein Gewehr. Aber er ritt zur andern Seite des Schlags. Blickte ebenfalls in ihre Richtung, ritt schweigend vorbei, kam nicht näher, entbot ihnen keinen Gruß. Dabei ist es Brauch, vom Weg abzubiegen und den Pflügern Gesundheit und eine gute Ernte zu wünschen. Wie sagte doch der alte Tschekisch – sucht heute noch Menschen vom alten Schlag! Er wird wohl recht haben, der weise alte Tschekisch.

Dann aber gab es eine richtige Sensation.

Als erster hörte Anatai die Trompetenrufe. Einfach toll! Er schrie aus Leibeskräften: »Kraniche! Da fliegen Kraniche!«

Sultanmurat blickte nach oben – am klarblauen, schwindelerregend hohen Himmelszelt flogen laut schmetternd und sich im kreisenden Flug immer wieder neu formierend, Kraniche. Eine große Schar. Und ganz hoch. Aber der Himmel war noch höher. Ein unermeßlicher Himmel und der Kranichzug – eine lebendige kleine Insel inmitten dieser Unendlichkeit. Sultanmurat reckte den Kopf, spähte hinauf, löste sich plötzlich aus der Erstarrung und frohlockte hingerissen: »Hurra! Kraniche!«

Alle sahen deutlich, daß es Kraniche waren, doch sie

jauchzten einander zu, als verkündeten sie eine große, unerwartete Neuigkeit: »Kraniche! Kraniche! Kraniche!«
Sultanmurat fiel ein, daß ein früher Kranichzug ein gutes Vorzeichen ist.
»Frühe Kraniche bringen Glück!« schrie er Anatai zu, sich im Sattel umwendend. »Bestimmt wird die Ernte gut!«
»Was? Was?« Anatai hatte nicht verstanden.
»Die Ernte wird gut, die Ernte!«
Anatai drehte sich nach Erkinbek um und schrie ihm zu: »Die Ernte, die Ernte wird gut!«
Und der erwiderte: »Ja, ich höre! Unsre Ernte wird gut!«
Die Kraniche aber flogen, ins Himmelsblau getaucht, flogen gemächlich, auf sanft gleitenden Schwingen große Kreise beschreibend, bald einzeln, bald vielstimmig schmetternd, bis wieder völlige Ruhe eintrat. Die durchsichtige Atmosphäre jenes Tages ließ alles deutlich hervortreten – ihre gereckten, wie gedrechselten Hälse, die spitzen Schnäbel, die leicht an den Leib gewinkelten Beine der einen und die fest eingezogenen der anderen. Mitunter blitzten im Flug die weißen Kanten der Schwungfedern. Da gewahrten die Pflüger, während sie die Kraniche beobachteten, daß der Schwarm langsam niederging. Immer näher kamen die Vögel der Erde, wie von einer Strömung wurden sie zu den fernen Hügeln getragen. Noch nie hatte Sultanmurat Kraniche aus der Nähe gesehen. Stets waren sie hoch über ihm dahingezogen wie eine Vision, wie ein

Traum. »Da, sie gehen runter, sie gehen runter!« rief er. Alle drei sprangen aus dem Sattel, ließen Pflüge und Gespanne und stürzten dorthin, wo die Kranichschar sich niederließ. Schnell rannten sie. Was die Beine hergaben. Sie wollten die Kraniche vor sich sehen, in voller Größe. Das wär wunderbar!
Ach, wie schön lief es sich! Die Erde legte sich Sultanmurat zu Füßen, kam ihm entgegen. Und mit ihr das verschneite Gebirge; auch die in der Luft kreisende Kranichschar, die er nicht aus den Augen ließ, schwebte auf ihn zu. Der Atem stockte ihm vor Kraftanstrengung und vor Freude; er rannte und dachte hoffnungsfroh: Wenn die Kraniche vielleicht eine Feder verlieren, finde ich sie und bewahre sie auf, ich schenke die Myrsagül und erzähle ihr alles. Wie gern möchte ich die Kraniche einholen und sie sehen! So lief er, und in seinem Herzen stieg Zärtlichkeit auf für Myrsagül. Hätte er's gekonnt, er wäre auf der Stelle mit der Kranichfeder zu ihr gelaufen. Geradewegs zu ihr mit der Kranichfeder.

11

Sie rannten, aber eine starre, grausame Pupille hatte sie im Visier, nahm ungerührt den einen aufs Korn, dann den zweiten, den dritten. Haßerfüllt beobachtete diese Pupille über Kimme und Korn, wie die Jungen auf die Kraniche zuliefen. Das Land links und rechts des Visiers war so groß, sie aber über dem schmalen Grat des schwankenden Korns winzig klein. Der Himmel über dem Visier, das sie eingefangen hatte, war so groß, sie aber über der Spitze des Korns so zwergenhaft. Ein Schnipser – und weg waren sie. All das konnte in einer Sekunde verschwinden, aufhören, im Visier zu hampeln, es genügte ein leichter Druck auf den Abzug.

»Ach, ich hab die genau vor der Kanone, drei Schuß, und sie purzeln wie am Bindfaden, ohne einen Mucks«, sagte mit angehaltenem Atem der hinter dem Visier.

»Laß den Quatsch! Mit Pulver spaßt man nicht, ziel nicht unnütz«, erwiderte der andere, der in einer wolfshöhlenartigen Grube am Fuß eines Hügels, inmitten von Kuurai-Gestrüpp, die Pferde am Zaum hielt. Der Mann mit dem Gewehr im Anschlag schwieg sich aus, bewegte mahlend die Kiefer und peilte weiter durchs Visier.

»Steck den Kopf nicht raus, sag ich dir«, befahl ihm der mit den Pferden. »Die rennen sich müde und ziehen wieder ab. Was schert's dich?«

Er fügte sich nicht. Lag da, die stoppelige Wange am Kolben, und hatte sein Vergnügen daran, durch die Kimme den Wettlauf dieser Dummköpfe zu verfolgen, die außer Rand und Band geraten waren durch die Kranichschreie. Wut packte ihn. Da laufen sie und lachen! Laufen und lachen! Diese Freude! Drei Schuß, und sie hätten ausgezappelt. Laufen und lachen! Warum in aller Welt? Laufen und lachen ...

Die Pflüger rannten ausdauernd, doch als sie auf dem Hügel angelangt waren, sahen sie, daß die Kraniche schon wieder Höhe gewannen. Also hatten sie es sich anders überlegt. Vielleicht war es ihnen auch nur so vorgekommen, daß sich die Kraniche hier niederlassen wollten?
Atemlos blieben die Jungen stehen. Abgehetzt. Nur Sultanmurat lief noch ein Stück, dann konnte er nicht mehr, verfolgte den Kranichzug mit Tränen in den Augen.
Schließlich kehrten sie um und zogen erneut ihre Pflüge durchs Aksaier Land. Der Tag war schön, wunderschön. Nachmittags traf ein großer Kolchoskarren ein mit Heu für die Pferde. Auch Kartoffeln, Fleisch, Mehl und Brennholz brachte ihnen der Kutscher, und vom Brigadier Tschekisch richtete er aus, der käme morgen selbst, zusammen mit den Gespannen von Ergesch und Kubatkul. Sag Sultanmurat und den Jungen, hatte Tschekisch ihm aufgetragen, sie sollten sich nicht sorgen, morgen pflügt die Truppe in voller Besetzung. Ganz bestimmt. Und ein paar Tage darauf reitet auch der Vorsitzende Tynalijew zu ihnen nach Aksai. Diese Nachrichten brachte der Kutscher vom Kolchoskarren. Alle aßen zusammen Mittag, und als die Jungen aufstanden, um wieder auf den Acker zu reiten, sagte die Köchin zu Sultanmurat, sie wolle in den Ail mitfahren und käme morgen mit dem Brigadier Tschekisch zurück, sie müsse da dringend etwas erledigen und auch Seife zum Wäschewaschen besorgen. Zu hungern brauchten sie nicht, sie habe ihnen Fladen

gebacken für den ganzen Tag und Suppe gekocht, nur aufzuwärmen. Sultanmurat war es gar nicht recht, daß sie wegfuhr, aber was blieb ihm übrig, als es hinzunehmen. Sollte er vielleicht mit einem Erwachsenen streiten oder ihn festhalten? Die Jungen begaben sich zu den Pflügen. Den Rest des Tages arbeiteten sie weiter auf dem Schlag. Gegen Abend hatten sie es geschafft. Jetzt konnten sie den Blick schweifen lassen – ein großes Feld war umgebrochen. Das erste Feld. Viel lag noch vor ihnen, aber hier war der Auftakt. Ohne Anfang keine Fortsetzung.

Es dämmerte bereits, als sie die letzte Furche gezogen hatten. Sie pflügten die Bodenglatzen an den Wendungen, und nach kurzem Schwanken schafften sie die Pflüge noch auf den benachbarten Schlag; so konnten sie am nächsten Morgen schon einen neuen Streifen in Angriff nehmen.

Bis sie die Pferde ausgespannt, bis sie das Feldlager erreicht hatten, war es finster geworden. Öde wirkte das Lager. Längst war die Köchin weg. Egal, morgen käme sie ja wieder.

Sie hatten sich tagsüber tüchtig abgerackert. Ohne Hast lockerten sie die Kummete, zogen sie von den Pferdehälsen und räumten das Geschirr in die Jurte, jeder an seine Schlafstatt. Die Pferde, alle zwölf, führten sie gleichfalls an ihren Platz rund um den räderlosen alten Karren, den sie statt einer Raufe ins Lager mitgenommen hatten. Ein jedes an seine Futterstelle, ans Heu in dem Gefährt. Am nächsten Morgen wollten sie früher als sonst aufstehen, um den Gäulen den eingetrockneten Schweiß herauszustriegeln. Sie wuschen sich im Dunkeln, entfachten ein Feuer in der Jurte und aßen bei seinem Schein trockene Fladen; die Suppe aufzuwärmen, fehlte schon die Kraft.

Dann legten sie sich zur Ruhe. Sultanmurat schlief später ein als die andern. Zuvor war er noch einmal aus der Jurte getreten, um nach den Pferden zu sehen. Die Tiere standen ruhig, die Mäuler im Heu, sie rupften eifrig den Klee und schnaubten vor Erschöpfung. Still standen sie da, Kopf an Kopf, sechs Pferde zu jeder Seite des Karrens.

Das Wetter versprach Beständigkeit. Es ging auf Neumond zu, nur eine schmale Sichel hing am Himmel. Sultanmurat schlenderte umher, ihm war mit einemmal unheimlich zumute. Diese Einsamkeit ringsum, diese Todesstille und stockfinstere, endlose Nacht. Unter der Bürde seiner Arbeit und seiner Sorgen hatte er bislang noch gar nicht bemerkt, wie gruslig es war, nachts in der trostlosen Steppe. Eilig kehrte er in die Jurte zurück. Auf sein Lager gestreckt, fand er lange keinen Schlaf. Er lag mit offenen Augen im Dunkel. Gedanken, Erinnerungen gingen ihm durch den Sinn. Unversehens beschlich ihn Trübsal, Heimweh. Wie kam die Mutter ohne ihn zurecht? Vom Vater hatte sie also immer noch keine Nachricht. Wäre ein Brief eingetroffen, hätte ihn der Kutscher heute mitgebracht und obendrein eine Sujüntschü gefordert, ein Geschenk für die freudige Botschaft. Jeden Wunsch hätte Sultanmurat ihm erfüllt! Nur – was konnte er hier schon geben? Nichts. Zum Herbst hätte er ihm einen halben Sack Weizen versprochen, da wird Brotgetreide zugeteilt im Kolchos. Bei diesem Gedanken seufzte er bekümmert auf, er erinnerte sich, wie ihm Adshymurat das Versprechen abverlangt hatte, mit ihm zur Bahnstation zu reiten, wenn der Vater aus dem Krieg heimkehrte – er als der Ältere vorn auf Tschabdar und der Kleine hinter ihm. Tschabdar wollten sie gleich nach der Begrüßung dem Vater überlassen und selber nebenherlaufen, der Mutter entgegen und all den Verwandten und Freunden. Ja, bei solcher Glücksnachricht würde er Tschabdar mitten im Pflügen ausspannen und losgaloppieren. Und später alles hundertfach nacharbeiten.

Sultanmurat begann leise zu weinen, ahnte er doch, daß ihm solches Glück vielleicht nie widerfahren würde.

Dann aber lächelte er im Finstern vor sich hin – ihm fiel ein, wie er Myrsagül begegnet war am Flußübergang. Als sei es eben erst gewesen, entsann er sich der Berührung ihrer Hand und wie die Hand gesagt hatte: Ich freu mich! Ich freue mich ja so! Spürst du nicht, wie froh ich bin! Und wie er damals in ihr sich selbst erkannt hatte – aufgewühlt und glücklich darüber, daß sie und er eins waren. Sicher schlief Myrsagül bereits. Oder dachte sie in ebendiesem Augenblick an ihn? Denn sie – das war doch er! Sultanmurat ertastete ihr Tüchlein in der Tasche seines Hemdes und streichelte es.

So verlor er sich in seine Träumereien und schlief ein. Ganz fest. Dann überfiel ihn ein Alptraum. Jemand würgte ihn, verdrehte ihm die Hände. Er erwachte, und ehe er vor Schreck auffahren konnte, verschloß ihm eine schwere, brutale, nach Machorka stinkende Hand den Mund.

»Halt's Maul, wenn dir dein Leben lieb ist!« krächzte ihm ein schnaufender Mann mit heiserer Raucherstimme ins Ohr. Er drückte ihm die Kiefer auseinander, daß der Schädel fast platzte vom Zugriff seiner eisernen Pranken, stopfte ihm einen Lappen in den Mund, und ehe Sultanmurat begriffen hatte, was eigentlich vor sich ging, waren seine Arme schon fest hinter dem Rücken verschnürt. Eiskalter Schweiß brach ihm aus, sein Körper begann unwillkürlich zu zittern. Was waren das für Leute, diese beiden in der Jurte, warum hatten sie ihn gefesselt?

»Na, den hätten wir!« flüsterte der eine dem zweiten zu. »Jetzt die andern.«

Sie rumorten im Finstern, dort, wo Anatai schlief. Der schrie auf, zappelte, aber bald war auch er gebunden.

Erkinbek hieben sie wohl über den Kopf, er stöhnte und verstummte alsbald.

Sultanmurat begriff noch immer nicht, was geschah. Der Knebel quoll in seinem Mund, er erstickte fast daran, seine Arme starben ab von den Schnüren. Stockfinster war es in der Jurte. Wer waren diese Leute, weshalb waren sie hier, warum verfuhren sie so mit ihnen, was wollten sie, vielleicht sie töten? Wofür? Sultanmurat versuchte sich zu befreien, warf sich herum, aber da drückte ihn der eine mit dem Knie zu Boden, klopfte ihm mit einem eisenharten Finger an den Kopf und sagte leise, aber nachdrücklich: »Laß die Flausen, verstanden? Du scheinst hier der Chef zu sein. Wir haben euch gefesselt, also kann euch keiner was, ihr habt keine Schuld. Klar?« Er unterstrich seine Worte, indem er Sultanmurat mit dem Fingernagel auf den Schädel hämmerte. »Seid vernünftig, dann geht alles gut. Wenn die euch hier finden, erzählt ihr, wie es war. Wer will euch was vorwerfen! Aber falls ihr keine Ruhe gebt, falls nur einer aufmuckt, jetzt, vor der Zeit, dann murks ich euch ab wie junge Hunde. Aus ist's dann! Also keinen Piep! Verrecken werdet ihr schon nicht.«

Sie verließen die Jurte schniefend, fluchend, hustend und spuckend. Sultanmurat hörte, wie sie sich bei den Pferden zu schaffen machten, die Tiere trappelten erschrocken, schnaubten, bäumten sich. Und eine Weile später ertönte das Stampfen vieler Hufe, Peitschenknallen, erneutes Fluchen. Das Hufgetrappel entfernte sich und verstummte alsbald völlig.

Erst jetzt begriff Sultanmurat das ganze Ausmaß des Vorgefallenen. Pferdediebe hatten ihre Zugtiere entführt. Verzweiflung und Wut zerrissen ihm schier das Herz. Er wälzte sich hin und her, versuchte, die Hände freizubekommen, schaffte es aber nicht. Halb erstickt drehte er den Kopf, suchte mit der Zunge den Knebel hinauszustoßen. Sein Mund brannte, blutete, schwoll an. Schließlich gelang es ihm doch, den verdammten Knebel auszuspucken. Endlich konnte er wieder frei atmen. Ihm schwindelte von der frischen Luft, die in seine Lungen strömte.

»Jungs, das bin ich!« gab er sich zu erkennen und hob den Kopf. »Ich! Ich spreche!«
Keiner antwortete. Er hörte, wie sich Anatai und Erkinbek an ihren Plätzen regten.
»Jungs«, sagte er da, »keine Angst. Gleich. Gleich laß ich mir was einfallen. Ihr braucht bloß auf mich zu hören. Anatai, rühr dich mal, wo bist du?«
Anatai lallte etwas, rutschte herum, richtete sich halb auf.
»Warte, Anatai! Bleib da!« Sultanmurat rollte zu ihm hin über einen Haufen Kleidung und Pferdegeschirr. »Und jetzt leg dich mit dem Rücken zu mir, daß ich an deine Arme komme. Hörst du, mit dem Rücken zu mir, mit den Armen.«
Nun lagen sie Rücken an Rücken, und Sultanmurat ertastete die Schnüre an den Armen des Freundes. Er dirigierte Anatai, wie er sich legen und drehen sollte, und suchte dabei nach den Knoten. Er redete Anatai gut zu, sich noch zu gedulden, den Schmerz in den Armen zu ertragen, geriet endlich an eine Schlinge, ruckte daran, und die Schnur lockerte sich. Da zerrte Anatai seine Hände selbst heraus.

12

Die Pferdediebe ließen sich Zeit. Ritten bald im Trab, bald im leichten Galopp, im Dunkeln kommt man nicht so schnell voran, und weshalb auch Hals über

Kopf davonjagen? Sie hatten saubere Arbeit geleistet. Und vor wem sollten sie fliehen? Vor dem jungen Gemüse? Hundert Werst im Umkreis war keine Menschenseele. Die Bengel aber lagen gefesselt, heulten Rotz und Wasser. Sollten sie ihrem Schicksal danken, daß alles noch so glimpflich abgegangen war.
Vier Pferde hatten sie mitgenommen. Ein Paar für jeden. Mehr hätten sie nicht bewältigt. Geb's Gott, daß sie mit denen klarkamen, daß dieser Brocken ihnen nicht im Hals steckenblieb. Ein weiter Weg lag vor ihnen, durch menschenleere Gegenden. Drei Tage etwa war's allein zum Stadtrand von Taschkent. Dann waren sie noch nicht am Ziel. Wenn sie das nur schafften! Alles Weitere waren kleine Fische. Auf dem Alaier Basar in Taschkent würde man ihnen das Fleisch aus den Händen reißen – kiloweise, grammweise, die Brüder dort verstanden sich aufs Handeln. Die schlugen es schon los. Das sollte ihre Sorge sein. Wohin nur mit den Moneten für vier prächtige Pferde, deren Fleisch heutzutage mit Gold aufgewogen wurde? Das war die Frage – im Ernst! Wohin mit soviel Geld? Einen guten Griff hatten sie gemacht! Jetzt nur schnell! Und Schluß! Dann jag dem Wind nach auf freiem Feld! Verduften, sowie sie das Geld in den Fingern hatten, ist 'ne Kleinigkeit. Wird auch Zeit, höchste Zeit, sich hier aus dem Staub zu machen, ehe man sie erwischt. Haben sie einen erst am Wickel, ist Sense! Dann kommt man vors Tribunal. Pustekuchen! Hatten sie den Zaster, begann das wahre Leben! Wieviel Städte und Ländereien gab's noch hinter Taschkent!

Nicht zu Unrecht beruft man sich aufs Schicksal. Sie waren schon restlos fertig. Lauf einer mal bei Kälte und Frost in den Bergen rum, ehe er einen Argali vor die Flinte kriegt! Und sogar wenn's glückt, das Fleisch ist widerwärtig um die Zeit, zäh, nichts als Sehnen. Zum Zähneausbeißen. Auch die Patronen gingen schon zu Ende. Lange hätten sie nicht mehr durchgehalten. Und auf einmal – wer hätte das gedacht – waren diese Grünschnäbel da mit ihren Pflügen – wie vom Himmel gefallen. Gott selber hatte sie gesandt. Es gibt ihn, es gibt ihn hoch droben – jedem hat er das Seine zugemessen.
Sie hatten auf gut Glück zugegriffen, nicht lange erst gewählt, ein Gaul war wie der andere, zwei Fingerbreit Fett auf den Rippen, solche Tiere gibt's auf der ganzen Welt nicht wieder heutzutage. Wird das ein Kochfleisch – alle zehn Finger leckt man sich nach so was. Es gibt ihn, es gibt einen Gott im Himmel, bestimmt! Hat uns Beute beschert und Erfolg!
Sie überstürzten nichts. Schonten die Pferde, damit sie nicht an Gewicht verloren. Solche Gäule sahen die Taschkenter Fleischer nicht mal im Traum. Erst den Zaster her, ihr Knicker, dann die Ware.
Schnaubend trabten die vier Prachtpferde an langen, eigens dafür gefertigten Zügeln – wüßten sie nur, wohin man sie trieb! Auch das Fortschaffen war gut überlegt. In einem Haufen konnten sie die Gäule nicht wegtreiben, der wäre auseinandergelaufen. So hielt der eine die Zügel in der Hand, ritt selbst in der Mitte und führte die zwei Pferde zu beiden Seiten an langen

Leinen, zwei rechts und zwei links. Sein Kumpel auf einem Fuchs ritt hinterdrein und trieb sie mit der Peitsche an, duldete keinen Aufenthalt. Nur so ging es. Ohne Hast, aber auch ohne Muße. Umsicht und einen klaren Kopf erfordert so ein Unterfangen.

13

Tschabdar stand an seinem Platz. Auf ihn schwang sich Sultanmurat, sowie er aus der Jurte gerannt war, und während er auf ihm wendete, schrie er noch: »Anatai, reit in den Ail! Flink! Reit los! Alarmier die Leute! Ich halt sie auf! Ich hol sie ein! Nur schnell! Und du, Erkinbek, bleib hier und rühr dich nicht vom Fleck! Kapiert? Reite los, Anatai, fix!«

Er selbst aber sprengte auf Tschabdar dorthin, wohin – dem Hufgetrappel nach – die Pferdediebe verschwunden waren. Vorwärts, Tschabdar, mein Bruder. Tschabdar, vorwärts, hol sie ein, hol sie bitte ein! Ich stürze schon nicht, mir passiert nichts. Hab keine Angst um mich! Vorwärts, Tschabdar! Wenn wir umkommen, dann gemeinsam, aber galoppier schneller, schneller, ich weiß ja, es ist dunkel, zum Fürchten, auch dir ist's unheimlich. Und doch müssen wir vorwärts. Schneller, schneller. Wo sind sie? Was blinkt da vor uns? Irgend etwas dort bewegt sich. Daß sie uns nur nicht entwischen! Vorwärts, Tschabdar, vorwärts! Fall nicht, Tschabdar, bitte fall nicht!

14

»Verfolger!« schrie der eine Pferdedieb, erschreckt von dem sich nähernden Hufgetrappel. Sie trieben die Tiere an, fielen in Galopp, in wilde Jagd. Jetzt durften sie nicht säumen. Jetzt ging's ums Ganze. Jetzt hieß es türmen. Fliehen, Hals über Kopf.

Der Vordere zog die Zügel straffer in seiner Faust, legte sich bäuchlings auf den Sattel. Sein Kumpel aber peitschte von hinten auf die Pferde ein, trieb sie mit Macht an, drängte. Vom Hufschlag dröhnte die Erde. Der Wind pfiff in den Ohren. Ihnen entgegen flog ungestüm die Nacht als ein grenzenloser, tosender schwarzer Strom.

»Halt! Ihr entkommt mir nicht! Haaalt!« schrie Sultanmurat, der sich ihrem Haufen immer mehr näherte. Aber nur Wortfetzen erreichten sie in dem wilden Lärm des Galopps.

Tschabdar! Großes Pferd Tschabdar! Vaters Pferd Tschabdar! Wie es lief! Als begriffe es, daß es in diesem schrecklichen Galopp mitten in der Nacht die Männer einfach einholen mußte, daß es kein Recht hatte zu stürzen.

Bald hatte Sultanmurat die Pferdediebe erreicht, er galoppierte auf gleicher Höhe, mit den Pferden an der Leine konnten sie ihn nicht so leicht abschütteln.

»Gebt unsre Pferde zurück! Gebt sie her! Wir brauchen sie zum Pflügen!« schrie Sultanmurat. Der zweite Mann wendete in voller Karriere und stürzte sich wie ein Raubtier auf den Jungen, wollte ihn aus dem Sattel werfen! Tschabdar aber wich geschickt aus. Bravo, Tschabdar, bravo!

Den Verfolger hinter sich lassend, überholte Sultanmurat den andern, der die Pferde führte, drängte von der Seite gegen die Tiere, um sie zum Wenden zu zwingen.

»Zurück! Zurück!« schrie er.

»Hau ab! Ich bring dich um!« brüllte der und lenkte wieder in seine Richtung, aber Sultanmurat stürmte erneut nach vorn, rückte ihm wieder auf den Leib und hinderte ihn, geradeaus zu reiten.

So ging es weiter. Der zweite scheuchte Sultanmurat weg, der aber sprengte bald von der einen, bald von der andern Seite heran, kam ihnen in die Quere und störte sie beim Forttreiben.

Dann fiel ein Schuß. Sultanmurat hörte ihn nicht, er sah nur ein grelles Aufblitzen und konnte gerade noch staunen über die erleuchtete riesige Weite von Aksai und den schwarzen Haufen Gäule und Menschen, der wild an ihm vorbeistob.

Er selbst stürzte vom Pferd, flog zur Seite, überschlug sich mehrmals, stieß sich schmerzhaft am Steingeröll, und während er schnell wieder auf die Beine sprang, war ihm schon klar, daß das Pferd unter ihm nicht einfach gestolpert war. Das Tier lag sich windend auf der Seite, schlug mit dem Kopf gegen die Erde, röchelte und zappelte wie wild mit den Beinen, als bemühte es sich noch immer, krampfhaft zu laufen.

Verzweifelt schreiend stürzte Sultanmurat den Pferdedieben nach – wie von Sinnen vor Schmerz und Wut.

»Halt! Ihr entkommt mir nicht! Ich hol euch ein! Ihr habt Tschabdar getötet! Vaters Pferd Tschabdar!«
Er rannte, außer sich, voll Ingrimm und Empörung, lief und lief hinter ihnen her, als könnte er sie einholen, anhalten und zur Umkehr zwingen. Die Diebsbrut entschwand mit ihrer Beute, der Hufschlag entfernte sich im Finstern, immer weiter weg, er aber konnte und wollte sich nicht damit abfinden – suchte sie einzuholen. Ihm schien, daß er wie eine brennende Fackel lief, sein ganzer Körper war wund, vor allem Gesicht und Hände, die er sich blutig geschürft. Je schneller und länger er lief, desto peinigender brannten Gesicht und Hände.
Dann fiel er, rollte über die Erde, schluchzend und nach Luft japsend. Der Schmerz war so unerträglich, daß er nicht wußte, wohin mit Gesicht und Händen. Er krümmte sich, brüllte, stöhnte voller Haß gegen diese Nacht und diesen grellen, immer wieder aufflackernden Feuerschein in seinen Augen.
Er hörte, wie das Getrappel der fortgetriebenen Pferde sich allmählich in der Ferne verlor, verhallte. Immer schwächer und dumpfer erbebte die Erde, sie verschluckte das entfliehende Hufgestampf, und bald herrschte Stille rundum.
Da erhob er sich und trottete zurück, laut und bitter weinend. Er war untröstlich, und wer hätte ihn auch trösten können in dem menschenleeren nächtlichen Aksai. Schluchzend entsann er sich, daß er Adshymurat versprochen hatte, ihn mitzunehmen, wenn der Vater heimkehrte aus dem Krieg. Nein, vorbei war der

Traum, zur Begrüßung des Vaters gemeinsam mit dem Bruder auf Tschabdar zur Bahnstation zu galoppieren. Und unmöglich konnten sie jetzt in Aksai soviel Getreide aussäen, wie nötig. Jenen stolzen und freudigen Tag würde es nicht mehr geben, an dem sie mit ihren Gespannen von den Aksaier Äckern zurückkehrten, hinter sich die Pflüge mit den von der Feldarbeit spiegelblank gescheuerten Scharen. Und sie würde auch nicht fröhlich auf die Straße treten, um seine Rückkehr in den Ail zu erleben, stolz zu sein auf ihn und ihn zu bewundern. Seine Hoffnungen waren zerstört. Wie sollte er da nicht weinen.

15

Witternd und mit dem Wind immer deutlicher den Geruch frischen Blutes spürend, näherte sich der Wolf in kurzen Sätzen dem Ort, von dem dieser starke, ihn derart anregende Reiz ausging. Er war ein kräftiges, wenn auch ziemlich abgemagertes altes Tier mit einem harten Widerrist, so borstig wie bei einem Wildschwein. Den Winter hatte er sich recht und schlecht durchgeschlagen, solange noch die Steppenantilopen Aksai durchstreiften, doch jetzt waren sie in die Großen Sandgebiete gezogen, um sich dort fortzupflanzen. Die jungen Wolfsrudel streunten in den Bergen herum, rissen geschwächte Argali auf deren Pfaden, er aber durchlebte die härteste Zeit. Lauerte auf das Auftauchen der Murmeltiere nach ihrem Winterschlaf. Von Tag zu Tag wartete er, von Stunde zu Stunde. Jeden Augenblick mußten die Murmeltiere herauskommen, an die Sonne. Das wäre seine Rettung gewesen. Wie lange schon lagen sie in ihren tiefen, unzugänglichen Erdhöhlen! Und welch hungriges, jämmerliches Dasein fristete der Wolf in Aksai!

Der Wolf lief auf den verlockenden Blutgeruch zu, voll dumpfer, wilder Wut auf jeden, der vor ihm Besitz ergreifen könnte von der Beute. Eine große Mahlzeit war das – Pferdefleisch. Der Geruch von Schweiß und Blut machte ihn benommen, ihm schwindelte. Nur drei- oder viermal in seinem ganzen Leben war es ihm gelungen, zusammen mit der Meute Pferde zu reißen.

Während der Wolf lief, troff Speichel aus seiner halboffenen Schnauze, und er spürte, wie sich sein leerer Magen zusammenkrampfte. Wie ein springender weißlicher Schatten lief der Wolf im grauen Dämmer der entweichenden Nacht.

Wie gern er sich sofort auf die Beute gestürzt hätte, der Instinkt verbot es ihm – er überwand sich und zog in einiger Entfernung einen Kreis. Da erstarrte er jäh – neben dem toten Pferd kniete ein Mensch. Richtete sich erschrocken auf.

»He!« rief Sultanmurat und stampfte mit dem Fuß.

Der Wolf prallte zurück und schlich unwillig, mit eingezogenem Schwanz, beiseite. Er mußte weg. Hier war ein Mensch. Der Mensch hinderte ihn, Besitz zu ergreifen von der Beute. Als der Wolf aber ein Stück weggelaufen war, blieb er unvermittelt stehen und wandte sich dumpf knurrend dem Menschen zu. Böse graue Lichter flammten in den Wolfsaugen. Mit gesenktem Kopf, zähnefletschend schlich er langsam näher.

Sultanmurat stoppte ihn mit einem drohenden Schrei, es gelang ihm, das Zaumzeug von Tschabdars Kopf zu ziehen. Rasch drehte er den Zaum zu einer Knute zusammen, wickelte auch noch die Zügel darum, nur das schwere eiserne Gebiß ließ er herausragen. Das war jetzt seine Waffe.

Der Wolf kam noch näher, duckte sich, das Fell gesträubt, und erstarrte vor dem Sprung wie eine gespannte Feder.

Das erste Mal in seinem Leben spürte Sultanmurat deutlich sein Herz – es war wie ein Klumpen, der sich in seiner Brust zusammenkrampfte.

Sultanmurat stand bereit: leicht vorgeneigt, die Zaumknute zum Schlag erhoben ...